中國近現代書信叢刊

衍芬草堂故交遺翰

吳格　金曉東　整理

上海人民出版社

圖書在版編目(CIP)數據

衍芬草堂故交遺翰/吴格,金曉東整理. —上海:
上海人民出版社,2020
(中國近現代書信叢刊)
ISBN 978-7-208-16698-1

Ⅰ. ①衍… Ⅱ. ①吴… ②金… Ⅲ. ①書信集-中國
-民國 Ⅳ. ①I266.5

中國版本圖書館 CIP 數據核字(2020)第 179820 號

責任編輯 崔燕南
封面設計 汪 昊

中國近現代書信叢刊
衍芬草堂故交遺翰
吴 格 金曉東 整理

出　版 上海人民出版社
(200001 上海福建中路 193 號)
發　行 上海人民出版社發行中心
印　刷 江陰金馬印刷有限公司
開　本 890×1240 1/32
印　張 8.5
插　頁 6
字　數 178,000
版　次 2020 年 12 月第 1 版
印　次 2020 年 12 月第 1 次印刷
ISBN 978-7-208-16698-1/K·2996
定　價 48.00 圓

本書爲國家古籍整理出版專項經費資助項目

目　録

卷三（第三册）

卷四（第四册）

附録

整理説明

《衍芬草堂故交遺翰》原名《故交遺翰節存》，係民國間海寧藏書家蔣鵬騫（1899—1951）據家藏清人書札過録成編，所録皆清咸豐、同治間文人學者致其祖蔣光焴之信札，計八十四人、三百六十七通。《故交遺翰節存》稿本録成後，經歷二十世紀中抗日戰爭、解放戰爭、“文革”等歷史動盪，幸仍由同濟大學蔣通教授保存，而家藏書札原件，均已流散四方。溯自衍芬草堂主人蔣光焴與同時學者文士交往，經其孫鵬騫謄録先祖友人書札、曾孫啟霆校補求序，至五世孫蔣通保藏不失，謀求刊布，此宗文獻已傳承五世，歷百五十年以上光陰。

蔣光焴（1825—1892），字繩武，號寅昉、吟舫、敬齋。海寧硤石人。自其祖父始藏書，歷經三代，積書數十萬卷，於海寧硤石建衍芬草堂儲之。清咸豐七年（1857），太平軍經略江南，杭嘉湖平原亦被戰火，蔣氏爲保全藏書，先將衍芬草堂藏書移至海鹽澉浦祖墓舊舍，不久又載書轉徙，由越而甬，由甬而滬，復溯江至武昌，輾轉五省，以避兵燹。直至同治三年（1864）江浙安定後，衍芬草堂藏書始運返海寧。蔣氏千里護書故事，乃清代藏書史中佳話，葉昌熾《藏書紀事詩》、吴晗《江浙藏書家史略》對此均加讚賞。

《故交遺翰節存》稿本四册，以行楷抄録於半葉十二行朱絲欄稿紙，行間略有修改添補，眉端有蔣啟霆校注。卷前首載清汪士鐸《奉題寅昉先生故交遺翰卷子》，汪氏係道咸間名士，咸豐初與蔣光焴同客武昌，熟悉衍芬草堂藏書，熱心蔣氏所藏《肇域志》稿本整理。汪氏所題稱“故交遺翰卷子”，知“故交遺翰”之稱自蔣光焴已採用，而所藏名家書札，似曾粘裱成卷，汪氏題詩似自卷子中過録。汪氏題詩後載謝國楨《題故交遺翰節存後》跋文，吕貞白《題硤石蔣氏所藏故交遺翰節存爲雨田兄作》詩，則係蔣啟霆先生於上世紀七八十年代求諸謝、吕兩先生，自行謄録補入稿本者。稿本各册前均附簡目，記録該册所録内容。如首册題：“張廉卿先生信二十三首，邵位西先生信二十三首，許珊林先生信二首，許辛木先生信二十三首，錢警石先生信三十八首，俞蔭甫先生信二首，方存之先生信一首，顧訪溪先生信三首，汪楳村先生信七首”云云，該册共收録十人、一百二十四札，一目了然。目録之後，即分人過録書札。每單元之前，標明書札作者姓名、字號，如“張廉卿先生裕釗”、“邵位西先生懿辰”等，以下遂節鈔書札内容。其餘三册皆沿用此例。第四册末附録清張裕釗《贈蔣寅昉序》，清朱嘉玉《西澗草堂書目跋》，清錢泰吉、邵懿辰《澉山檢書圖記》，清戴熙、何紹基、朱蘭、吴觀禮等《澉山檢書圖題辭》，查燕緒《寅昉府君行狀》，蔣鵬騫《故交遺翰後序》諸文，及勞庭楨、龍霦、曹清源等贈詩。各册卷端右下角及第四册末，均鈐有“蔣啟霆寶藏先澤”朱文方印、“杞亭”橢圓印。又第四册末有“陳從周讀過”端楷題識一行，後鈐“陳從周”朱文方印。現藏于同濟大學蔣通教授家。

《故交遺翰節存》之保存，凝結了海寧蔣氏七代人之心血。蔣光焴平生熱衷藏書而又樂善好施，結交、幫助過大批名家、文人、寒士，故能得道多助，戰爭年代竟能攜書萬卷，輾轉數省，離不開友朋協助，因此蔣光焴儘量保存友朋書札，並欲編輯成册，名爲“故交遺翰”，但友朋逐漸凋敝，又屢經社會動蕩，光焴未能遂願，此後書信被幾代後人繼續保存至民國時期，蔣鵬騫秉承家業，欲發其家族潛德，取所存書信，擾其精華，鈔纂成册，謀求刊行，卻出版無門。新中國成立之後，蔣鵬騫命運多舛[①]，未能將《故交遺翰節存》付梓。其子蔣啟霆（1919—2000）希望完成先人遺願，在“文革”時期護如眉目，並繼續收集、抄録、補充大量相關文獻，并請謝國楨、胡道靜、吕貞白、陳從周等學者爲《故交遺翰節存》增色。

蔣氏友朋書札《故交遺翰節存》由於種種原因至今未有刊行機緣，然其文獻本身具有豐富價值：

其一，史料價值豐富。《故交遺翰節存》三百六十七通，藴含大量史料。如所收八十四位友朋，身份各異：通儒、大吏、鄉賢、名醫、畫師、僧侶、明經、書賈等多種社會角色，在書信中自然透露出大量珍貴史料。如高均儒（1811—1869）、伊樂堯（？—1861）均附録於《清史稿》邵懿辰傳之後，《清史稿》僅言二人是邵懿辰好友，目前兩人相關之史料數量極少。《故交遺翰節存》記録了兩人與邵懿辰具體關係，除是邵氏平生好友外，伊樂堯還是邵懿辰兒女親家，邵、高、伊三人在咸豐六年（1856）之後在杭州從事刻書活動，他們經常向蔣光焴衍芬

① 宋雲彬《北京日記》1951 年 2 月 24 日記載：“與蔣鵬騫談衍芬草堂藏書事。余告以此種藏書理應捐獻國家，由北京圖書館加以保護。又告以中央願仿鐵琴銅劍例，付以適當之代價。霞舉允以一月内擬好辦法，再行函商”。不久，蔣鵬騫入獄，旋于獄中去世。《紅塵冷眼》，頁 226，山西人民出版社，2002 年版。

草堂商借底本，並且告知蔣光焴刻書價格、材料、價格等刻書信息。另外，咸同年間，蔣光焴與友朋往來信件中對於太平軍的情況多有描述、也記載了許多江浙文人在戰爭期間的處境與心態，均係珍貴史料，這些書信内容都從未面世，期待刊布。

其二，學術研究價值豐厚，具有學術史、藏書史、出版史、太平天國史等諸多方面研究價值。例如第一册中所收人物，均是活躍于清代道光、咸豐、同治年間著名學者，聲望較高，内容豐富。嘉興錢氏，自清代乾嘉以來爲浙江文化望族，自錢陳群（1686—1774）、錢載（1708—1793）開始，詩文、書法獨樹一幟，家族淡雅詩風是清中期之代表，錢泰吉（1791—1863）是清道咸間著名學者，其校勘《史記》，享譽士林，《故交遺翰節存》所收錢泰吉書信涉及其校勘《史記》、刊刻《詩集傳音釋》、鑒别小字古本《詩經》、傳授嘉興錢氏家族創作詩賦技巧、指點書法、傳授科考技巧等諸多方面内容；著名目録版本學家邵懿辰（1810—1861）之信介紹《四庫全書簡明目録標注》撰寫進度、建議增刊《葬書》、評論清代詩人詩風、教作古文之法、商討《禮經通論》等内容；雖多是一家之言，但均具有鮮明的時代特質與代表價值。再如丁丙（1832—1899）、袁芳瑛（1814—1859）、管廷芬（1797—1880）、蔣光煦（1813—1860）等清代著名藏書家之書信内容，多是探討書籍、比對版本、互通有無，有助於解決許多懸而未決之藏書史實。如蔣光焴曾藏有清初顧炎武《肇域志》抄稿本，同治元年（1862）攜帶此稿本赴湖北避兵禍，居鄂期間，此一部《肇域志》被曾國藩（1811—1872）、嚴樹森（？—1876）等封疆大吏借閱并僱人鈔撰副本，後汪士鐸（1802—1889）奉曾國藩之命整理，偕書稿至南京，旋而丟失，而時任職湖北巡撫嚴樹森所抄、汪士鐸所抄《肇域志》均保存至今，對於研究目前存世《肇域志》的版本流傳情況提供支持。

其三，符合當代出版趨勢。清代存世文獻，相比宋、元、明等朝數量龐大，其中名人信札更是浩如煙海，如浙江省圖書館收藏有清代名人信札近十萬宗之巨。歷來學術前輩多重視名人信札的整理與出版，如顧廷龍先生整理的《藝風堂友朋書札》、張樹年先生整理的《張元濟友朋書札》等名人書札集頗得青睞，經久不衰。進入二十一世紀，上海博物館整理《冒廣生友朋書札》、復旦大學吴格先生整理《流翰仰瞻——陳碩甫友朋書札》等亦獲得社會好評。隨著《書林碎録》、《小莽蒼蒼齋藏清代學者書札》等新史料逐步面世，蔣氏信札作爲清代中期江浙名人信札之一，越來越多的受到社會各界關注與重視，逐步體現出其在清代、民國時期獨特的影響與地位。蔣氏作爲江南望族，除與曾國藩、左宗棠、馬新貽、胡雪岩等著名人物均有交集之外，與當時諸多領域的名人多有交往，内容頗具史料性與可讀性，雖然《書林碎録》、《小莽蒼蒼齋藏清代學者書札》等出版書籍已收録有若干蔣氏友朋信札，但無論從整體數量還是從内容質量上看，均遠不及《故交遺翰節存》。值得一提的是，蔣啟霆在其父蔣鵬騫基礎上，對《故交遺翰節存》有所校補，《故交遺翰節存》眉上批校之語便是蔣啟霆所書，另外啟霆先生賡續父志，繼續收集的先人信件，仿照《節存》方法輯録而成《故交遺翰節存補遺》：計邢世銘六通、高均儒二通、汪士鐸七通、周壽昌三通、錢子密一通、倪文蔚一通，共六人、二十封信，在先人基礎上錦上添花，更晉一步。

本次整理以《故交遺翰節存》抄本爲底本，以《書林碎録》、《小莽蒼蒼齋藏清代學者書札》、浙江省圖書館館藏相關信件爲參照，進行了文字釋讀、語句標點、整理書信目録、附録等工作，並將《故交遺翰節存補遺》、整理者發現的蔣光焴書信、蔣光焴與其兒子關係表、人名索引等附於最後，以完善蔣氏友朋書札内容。

綜上所述，《衍芬草堂故交遺翰》作爲未刊清代名人信札，具有珍貴的史料價值、學術研究價值、出版價值，值得出版機構與學術研究者關注。

庚子小雪後一日山左金曉東呵凍敬書於小十駕軒

題故交遺翰節存

楨以而立之年，膺北平圖書館之命訪書江浙，曾佔畢於金陵盋山精舍、上海涵芬樓、南潯嘉業堂、平湖傳樸堂，而以未能登硤石衍芬草堂爲憾。丙辰之冬，息影滬上，陳從周社兄出示蔣寅昉先生之曾孫鵬騫君輯録《故交遺翰節存》四册。余既受而讀之，知其所往來者，皆清道咸間海内碩彦名宿。書翰有砥礪名節者，有切磋書史醫學者，有商訂庋藏校勘者，而寅昉先生提携後進，不遺餘力，足以見其敦厚之風、傳古之德，可謂盛已。因之而憶及梁茝林氏有《師友録》，余已歎其賅博，可以窺見并世人文之盛，而先生是録，殆尤過之。至是録所採接觸之名流時彦，鴻篇俱在，世俗所傳者，固無論已。即以嘉興錢警石昆仲而論，當清禁網嚴密之時，人憚於談有清一代史事，而衎石老人獨能編《碑傳集》，遺裨後人；警石翁則閉户潛修，著述滿家，雖《曝書雜記》之作，亦足以鳴世。而其及門之士，流風所被，若汪謝城之善於長術，管芷湘之善於鈔藏，今其筆蹟均在是録之中。其稽古之功、迪新之績，有當時名彦所不能抗衡者，不可不謂中流之砥柱也。晚近自日寇蹂躪東南，江南藏書之家散亡殆盡，平湖葛氏傳樸堂已化爲焦土。余重遊江上，登高望遠，訪問遺踪，惟餘荒煙蔓草，已無人爲之印證者矣。然大亂之後，必有大治，今雨田兄守其先人遺編，藏諸禩世，足以爲繼往開來之資，尚亦有明夷待訪之意歟。楨不揣固陋，而爲之記。一九七六年十二月二十一日安陽謝國楨寫於滬濵。

奉題寅昉先生故交遺翰卷子

桐陰炎敲清，展卷仰耆耇。遥知主人賢，賓客集尊酒。文字金石摎，學術漢宋剖。雅故宗三蒼，簡册聚二酉。它年志文苑，燦若星環斗。西風吹紅巾，毛面誇身手。宛轉溝壑餘，或不得中壽。東南文獻邦，大吏昧武守。烽燧一以燔，千里等摧朽。余生景喆彦，較業奈培塿。端筴得咎徵，餙巾步厥後（昨以伊川先生《易傳》自筮，得"八月有凶"及"厚下安宅"之繇，墓象也。昔鄭君合讖於龍蛇，謝公兆祥於己酉。死生有命，非所恤也）。罣如始其息，在斯某與某。遺書未寫定，何言時不偶。寂寞裝池人，相期綴下走。

同治元年夏五江甯汪士鐸

題硤石蔣氏所藏故交遺翰節存爲雨田兄作

蔣氏好兄弟，藏書傳一世。讀書而藏書，讎校得深議。楹書十萬卷，足以供寢饋。別下與衍芬，早已播名字。我初讀《晉書》，小字極精粹（涵芬樓影印百衲本二十四史《晉書》即衍芬草堂所藏宋刻小字本）。巍巍天水槧，至寶誇奇秘。又讀顧氏稿，累累《肇域志》。俱是君家珍，眼學得詳記。今逢賢子孫，家風永不墜。祖德傳芬芳，奕世守清閟。示我四巨册，名賢筆俱備。遺翰留軼聞，學術互砥礪。匪特篋衍珍，傳家能錫類。願君付鉛槧，書林得沾溉。足補史乘遺，蔚爲鄉國萃。丁巳春日吕貞白拜題。

卷一(第一册)

張裕釗　廉卿

(二十三通)

一

昨承諾借諸書,至以爲感,晡間當着人祇領也。《孟子要略》不獨“父”字從古作“攵”,其他字亦間有之。自乾嘉以來,講小學家刻書往往如此,非别有所取,直不過好奇耆古耳。令郎等課題,開附左方。

二

奉讀來示,所論劉生文,及爲學爲文之道,并極精當。至謂講學之弊,患在一唱百和,有譽無諍,尤與鄙懷相契。友以輔仁,而近日乃無復規勸之義,則朋友之道或息矣。裕釗每期此於朋儕而不可得,欲以此效諸人則又不敢,獨爲所不爲,惟曩者與方子白、劉殿壎嘗以此相敦勉而已,此外蓋不可得也。

三

手示領悉。大作增入數行,道理更覺圓。虚己之善,精進之勇,欽佩欽佩。一昨奉詢《欽定春秋傳説彙纂》卷數,敬請飭從者查明,以時示知,至以爲荷。

四

大藁細讀一過,措辭極有斟酌。但鄙意欲請更增益數語,以矢萬不欲就之意而諄屬之,庶益有濟耳。高明以爲何如。

五

許辰翁未曉何人,想係信翁子姪。若爾則既屬姻誼,以“姻再姪”名帖往謁,當無不可者。裕釗本未有知,承虛懷下問,輒敢率爾臆對,惟有道裁擇焉。

六

承示敬悉。周荇翁極欲一識面緣。連日閲課卷,匆匆不得暇,遲日當往候也。大作特饒均味中,布景設色處亦極疋絜,無纖毫俗氛,此桐城嫡嗣也。拜服拜服。就中僭商數處,弟於此事甚淺,未必有當耳。

七

日前奉手示,未及裁復爲歉。所云種種,弟竊以爲不足介意,蓋君子盡其在我者而已。且憂讒畏譏之已甚,恐亦非所以廣其心而充其氣也。韓昌黎云:“賢不肖存乎己,貴與賤、禍與福存乎天,名聲之善惡存乎人。存乎己者,吾將勉之。存乎天、存乎人者,吾將任彼而不用吾力焉。其所守者，豈不約而易行哉。”此最昌黎見道真實語，觀此則一切疑畏之念，可以釋然矣。大作《論東坡不可爲人師》，鄙意猶未甚安，欲從而和之，則有乖朋友直諒之誼，欲有所開説，則未敢冒焉以遽進，是以稽留至今。乃承虛懷下問，至於再四，弟敢不極其愚。足下謂“東坡之才，忽縱忽逸，而不知所本”，是也。然誠若是者，不獨不可爲師，即以處君臣、父子、兄弟、夫婦，亦未見盡道而無歉也。此蒙之所未安也。又前謂“才有餘而氣不足”。夫東坡所患者，道不足也，氣之不足，又其次也。篇末又謂“其遨遊赤壁，正襟危坐之時，未嘗不敬”。竊以爲“正襟危坐”之語，文人之辭然耳。東坡生平，敖戲放浪事甚多，獨指此一語，以證其非不敬，亦皆所未安者。辱相知深，故敢進其狂直，必不深罪也。漢宋之説，它日欲與鍾子勤一書，藉題發揮，俟作就再就正耳。

八

頃有友人借《九數通考》《梅氏叢書》《數理精蘊》數種，尊處有此書否？若無有，祈另紙賜復數字，弟得持與觀之，庶以塞諸責耳。

九

接奉手示，具聆一切。惜别之情，彼此同之。此日甚難遣也。《二十四史》及《輿地廣記》，明歲必當携至。若足下尚未成行，便徑奉還尊處，再轉借梅翁耳。姬公處既往送行，據鄙意似無容再去。惟有道裁之。

十

一昨展謁未晤，悵悵。送還《經義述聞》同《讀書雜志》各一部，希察入。《通鑑大目録》一書，此間徧購無有，然私心寤寐求之，如能賜覽，銘感實爲無極，不勝叩懇之至。

十一

一昨承賜大書屏幅，感謝殆不可言。適他出，未及奉復，想不罪也。聞體中不佳，天雨未能走候，悵歉悵歉。所復鍾子勤書，議論昌明而情誼肫摯，欽佩之至。惟所云“有氣則不奪”，“不奪”與“不摇”似少混。愚妄以爲“有氣則能任”，高明然之不？又“實事求是”，“事”筆誤作“是”，請更正。鍾子勤之所詣，弟以有道之言爲信，私心嚮慕，甚欲一通書，請以異日可也。奉送拙作，稍暇即書就呈上。以不善作書，而奉諸左右者，又不敢草草塞責，故遲未報命耳。天霽必奉詣，一罄所懷。

十二

辱手教論書院事，高識偉論，殆不可易，惜今之君子不能行耳。承以《葬書五種》賜閲，當匆匆奉讀數葉，深契鄙懷。近世喪葬之禮廢絶，而葬師之説，惑世敗俗尤甚，皆私心夙所發憤痛惜者。恨尊刻版不在此，不然則廣爲流布，實正人心、厚風俗之大端也。屬以感觸，不覺覼縷至此。

十三

來示謂議禮當議變禮,甚合鄙意。往者嘗欲爲《變禮通考》一書,後遇常州劉開生,亦有此議,足證心理之同,不謀而合。然《五禮通考》中,即變禮亦已大備,而弟又疏於禮學,亦遂未竟其事。吾兄它日若能爲之,亦不朽之業也。前承諾借《通鑑大目録》,并惠《孝經》二本,祈飭從者撿付小价領下爲荷。

十四

贈序跋,遵命再書一通呈上。翼甫、賓日,此心不勝戀戀,并以言贈之。又承文郎等有野鶩之愛,復爲勉强塗鴉。士爲知己者用,遂自忘其醜拙云爾。奉去《宋論》一部、聚珍版翻本《校正》一册、《楚北耆舊遺集》三種外,餻餌六盒及雙鯉魚,并希哂存。

十五

大作已讀一過,意議甚高。因賤軀精神尚不甚佳,尚未能細加尋繹,不敢草草應命。其《周易》上下經相對之義,亦俟更加探討,以鄙見就正也。

十六

手示感念,故交古誼可敬,讀之動心。承賜《蓬萊閣詩》,敬謝敬謝。屬題《萬卷容身圖》,此時病後,精神未復,請以異日可耳。

十七

承示欲專心治《易》，甚善。此經雖難看，然見深見淺，存乎其人，隨在皆可獲益也。《韓文》本有句讀者罕見，如有疑難，請以暇日札記，可彼此參證，亦庶幾麗澤之義耳。

十八

承賜新訂《蓬萊閣詩録》，甚感。前册如命奉還，希察入。寫《説文》，相屬直下亦可，或空一字，即於空格稍偏注一真書，似更較若列眉，且它日可令子弟習之，高明以爲何如。古文不寫甚好，俟寫畢後，得暇可再寫耳。

十九

《綱目發明》并《集覽》共十本，兹送還，祈察入。更借王漁洋《古詩選》《惜抱軒十種》《古文辭類纂》《黄山谷詩集》，宋、遼、金、元四史《職官志》，懇飭撿付去人領下，至以爲感。宋、遼、金、元四史甚繁重，請暫借宋、遼二史可耳。

二十

承賜收《易濫觴》，感甚。但恐鈍根人終無悟入處耳。刻本《韓文》及弟選均未帶來。有手鈔《韓文》一本，奉呈台覽。但此册乃手邊常看者，遲日即乞擲還。邵文一本奉還，希察入。内有數篇尚擬借鈔，請以異日可耳。

二十一

拙作文義淺薄，乃承過愛若此，義不敢辭，然甚用自慙也。梅翁有意赴浙，此約若成，它日李、郭同舟，真望之若仙矣。唐荆川、姚牧庵集能賜假一觀否？拙稿并附呈覽，請即飭付肆中核算也。

二十二

前曾面借姚牧庵、唐荆川、梅伯梘集，此三種弟極欲一觀。當窮數日之力閱畢，即行奉還，伏祈慨許，當亦大君子樂爲造就之盛誼也。《鬱岡齋法帖》一本奉還，請察入。

二十三

姚牧庵、唐荆川、梅伯梘集并奉還，請察入。有《古文辭類纂》二函、《孟子要略》一本，祈擲付小价領下。足下欲借印《孟子要略》，意欲取版來此，抑在彼刷印耶？祈示知。

邵懿辰　位西

（二十四通）

一

昨交來人帶上書一包、畫一捲，已收到否。書除前信所列外，尚有《李太白集》六本，似與《杜詩》一手所批點，故并以奉贈。畫中所附蔡夫人卷尤爲鄭重，想來人雖不認識，當無舛誤也。

二

前日接初二日信，内附佳章。昨又得初四手書，内又附改定詩草。此等詩牽於和韻，不免强湊。古體五七言門，險韻疊和，愈出愈奇，起於韓蘇，因其篇章長而字句多，雖驅駕險韻而不傷其氣也。若近體七律，則用韻必用平妥之字，亦不用"覃""鹽"等閉口啞韻。篇短句少，又須諧律，而牽於險韻，必不能工矣。疊和甚無謂也，故尊作往往上句好而對不稱，職是故耳。詩中自用夾注，亦近人陋習。東坡諸公始間有之，其中偶用僻事，恐人不知，或當時情事有附詩而示後人者，并非詩待注而後明，使無注，後人竟不知作何等語也。蓋因詩句不能精切，如猜啞之近於魂魄，而後用注以粘聯之。近時始多，從前詩人未有也。芻蕘之論，未識是否?伯韓處所題,尚未交回。拙著《孝經通論》已録四五十篇,書成約五萬餘字。遇羹所刻之讀本已刻成矣,不甚愜鄙意也。

三

日昨接初八日手書,知連日看《吳梅村詩》,藉此消遣寫憂,甚善甚善。梅村詩雖似率易,然較之近人之簡者,已有霄壤之殊。詩道難言,近數十年來,大抵不落於袁、蔣、趙三家之度中者少矣。如梅村歌行傑出,律詩偉,乃以義山之才調而就香山之格律,胸富千卷,運事之妙,如鹽着水,沈博絶麗,何可及也。即漁洋、竹垞,亦不失唐宋詩人正矩,未有若近來之多魔道者也。弟所見天下詩人,惟合肥徐懿甫、蘇州陳梁叔,此能拔俗而到於古矣。餘子碌碌,車載斗量。故平日不善爲詩,亦不敢爲詩,爲其境界蹊徑,前人盡皆發洩歷造,萬不能於此中自立也。激揚哀怨之音,杜陵而後,推遺山、梅村,然皆才氣振拔,非徒蛩鳴自訴而已。詩必理與才、情與景四者交會於一篇一句之中,故視文筆爲尤難,未可以小道視之。弟所爲《孝經通論》,昨已脱稿,計四卷七十篇,每篇或有數段,二十五格文章紙,共百七十餘紙,釘作二本,尚須細細修改再發刻也。去秋及春,《春秋》三傳,雖稍有蓄積,未能成書,《孝經》則不自料竟可傳世行遠,與《書經》不相上下,亦幸天牖其衷也。我輩居此,已遊羿之彀中,然有天命者,雖極巧力注射亦不能中,否則不躓山而躓垤者亦有矣,故可泰然耳。

四

二十二日酉刻,楊利叔兄來祁。接誦手書。謹悉一切。(上略)。

弟到此已逾旬日，大帥之見待極優，月俸百金，他人皆無其比，而仍鬱鬱不樂久居，不知何故。且須同住營帳之中，雖別搭草屋，勝於支帳，究恐濕氣，諸多不便，此亦里居多年，安逸久慣之故也。（中略）。利叔早已説過，必能契重録用。前日談及《瀫山檢書圖》，大帥亦深契吾兄，滿意得手揮五大字，當在此間覓紙，代求再寄也。

五

近來考校《春秋》三傳。《公羊》《穀梁》，意欲爲《穀梁》作解。惜不得與鍾子勤兄面論之。杭城自胡次瑶没後，羅鏡泉又於七月二十五没於海昌城中，讀書種子殆絶。風雨如晦，雞鳴不已，亂世則思不改其度，愈不敢不勉耳。

六

楊紀帶呈一函，想已收到。新予甫於十九日來杭，交到十一日手書，敬悉一切。《詩經》一板亦領到，姑代藏之。周弢甫已由中丞給札幫辦團練，不赴曾營矣。此書無便可帶，且弟前已送過兩部。求寫聯字，非在彼不能伺便，信中託寫，則似乎不知緩急也。朱壽聯二字已改寫好付裱，即日可有，當託張六兄帶上。吾兄移杭之説，斷可不必。從前在緑深漊時，房屋不堪過冬，故弟有勸回杭城之語。今則屋宇極好，租金又付過半年，何□□（原缺）必多一番轉折。他日禾、湖皆退，徑回海昌，豈不甚妙。老兄心腸太活，忽而有喜信，便欲搬杭，忽而有警信，便欲搬滬，總由寫信探信太勤之故。奉勸坐定看書，擇一喜看之書，從頭至尾，旁參他書而看之，彼此心有所寄，則不至刻刻罣着二字矣。如有須看而行篋無之者,來弟處取去可也。新正買得殿板《通典》《通考》二部,極爲得意,又他雜書,皆頗便宜。遇羹現又爲朱伯韓另刻《孝經合注》矣。

七

警翁仍居溆上,可謂堅定,亦戀戀於幾本破書耳。尊作頗佳,尚有心緒吟詠耶?笠仙懷舊之作極佳,有精悍警練之色,極惻愴哀怨之音,全豹一斑,知於此道用功深矣。葛板《前後漢》,從未見過,得之可喜。伊遇羹昨日進館。弟近亦買得零碎經學各書。而姚再洲寄存《皇清經解》全部,涉獵披覽,苦未能盡耳。

八

昨日山中回城,接讀初六日手書,并讀海曙兄原信,閱之痛心蹙鼻,水鄉之慘甚矣。吾兄上年遠引,真有先見也。(中略)。《杜詩》之贈,有何不可。原批朱筆、藍筆,皆多破句,加批則更爲此書增重矣。又有《李集》六本,紙板批校相同,他日并歸鄴架可耳。

九

伯平言,尊處有《山堂考索》全書。其中《孝經》類諸條,諒不甚多,可託新予或世兄代録若干條見寄。其字以小爲妙,可望多也。弟前此治《春秋》三傳,傳文即苦其繁,不能畫一,而《春秋》經文,幼時未曾誦習,今不能讀,讀亦不熟,不免暫時擱起。一月來,改治《孝經》,則文少而各説不多,極爲省力。現在先爲攢湊,再加數月之功,可寫成一書矣。高伯翁在此，恙亦漸愈，起坐如常。其令郎爲我過寫《書經》眉頭所添之字於尊處見還之鈔本上，如此可得二足本。再能藉其兩頭之力，另録一清本，則大妙矣。《串雅内編》已覓得一本，容覓便寄上。

十

伻來，接讀手札，并奉到《海隅圖》一軸，照繪後仍當繳（眉注："繳"一作"寄"）上也。所要各書，因來人飯後即行，不及返舍撿取，容託張祖香帶上。《韓柳集》弟有數部，可撿一種奉贈。《十國春秋》無其書，對門博學堂有之，可以買贈。《梅伯言詩》只有一部，可借而不可贈也。《漁洋文集》無之，只有《居易録》《精華録》。《竹垞全集》却有二部，可以一部奉送。（中略）。伯平在此，現尚服藥，以治痰嗽，三陰已止。《串雅内編》亦在家中，不及交去人（眉注："交"一作"付"），其中單方甚妙，已試過一兩個也（眉注："兩"一作"二"）。甘泉先生已到餘姚，可慰之至，碩果僅存，再不可以剥喪。子密想已同來，如發信時，乞爲附筆問候。笠仙兄相對長愁，愁亦奚益。處此世界，過一日算一日。趙邠卿複壁中注《孟子》，其序云"聊以亂思"，遺老能如邠卿之蔗境，而不至如劉光伯之餓死賊中，則大幸耳。《孝經》説爲之頗多，當可成書，時時閉目沈思，轎中亦復翻閱。外事不經探聽，有來談則聽之，亦不至竟無消息也。

十一

頃得十四日手書，領悉一切。《孝經》卷已付對門裱家，其店爲杭城最出名者。伯平回,爲囑付須拼對絹絲,勿令走作。據云只拓一層則易於再裱,若兩層則再裱時須揭去,反傷動矣。手工五百六十文,竟不駁減。俟拓就,并儌上。蔡夫人所書,弟看是真。茗石翁《謇騷》,恐不確耳。《孝經》内多詩,曰"我稼既同",至"其始播百穀",共二十八字,此不知從何而來。其録異同之字,恐皆筆誤。憶毛西河嘗言之,或亦石齋所臆增耶?欲借石齋《孝經集傳》而不可得,紹地能覓之否。《海隅圖》已界硃絲。其圖底本,范栞臺所畫。范寒士,現在因次瑶已死,無可畫之物,因招之來。交付議定,每畫一張,工價兩千,尚不爲貴,據言十天可了一張。弟處欲畫者多,俟其有一張了手,便可以原圖并界朱絲之一紙,捲入寄繳矣。《山堂考索》所録,皆《注疏》及《通考》所載,無可採者。憶《考索》有數集,其類往往重見,是否徧檢諸集,抑尚有遺漏耶?(後略)

十二

祖香二十外回壽,已備《十國春秋》二十四本、《曝書全集》十六本、《吳梅村集》十二本、《輟耕録》八本、《串雅》一本。餘俟續寄。朱子澄等在祠理書,囑伯平札託撿寄黄石齋《孝經集傳》,想不過一二本,尚易覓寄也。又託先寫書目,當不有誤,地圖已由范君畫就二紙,原圖并朱絲之一紙,當交祖香帶上。

十三

昨接二十四日來信,知紹地安堵無恐(中略)。甘泉先生來紹,可喜之至。若子密世叔來省,大駕同來一敘,更盼。蔡夫人書《孝經》卷已拓好，綾絲拼鬭尚工，行亦直落，不致傾斜錯亂，容再覓寄。黄卷及伯平處《瀲山圖》均在伯韓觀察處，尚未題來。霖雨若此，春花休矣。今日芒種，或可放晴乎。

十四

今交來人帶上書一包，内五十六本。又地圖一軸，内界朱絲之一紙附入。又蔡夫人書《孝經》拓就一卷，總用油紙包成一卷。蔡卷已與伯韓先生閲過，另紙求其作跋。弟亦於另紙跋就再寄。原卷珍重，先此附上，祈查收示復。

十五

昨交來人帶上書一包、畫一卷，已收到否。書除前信所列外，尚有《李太白集》六本，似與《杜詩》一手所批點，故并以奉贈。畫中所附蔡夫人卷，尤爲鄭重，想來人雖不認識，當無舛誤也。

十六

頃接二十一日手書，藉悉前寄《檢書圖》等已到。（中略）書巢連日來言，嶼毛由六里堰而赴瀲。先時（眉注：時一作是）海昌岌岌，恐其抄路而來，後知竟入瀲城，州中稍寬，而瀲地不可問矣。尊處祠堂不在城内，或尚可以瓦全，而二朱諸人，必颺於海。早知如此，若《後漢》《晉書》等類取出至紹，隨身不較善乎。伯平言，吾兄心太好，而亦太費，渠極感激厚意。（後略）

十七

前日飫擾竟日，飽德無涯。次早渡江回局，未午也。正思泐椷布臆，接奉日昨手書，知放舟西河橋畔，與瑶仙廣文作竟日譚。渠處收藏頗富，想略出一二以相欣賞也。前日晤中丞，將一切面致。（中略）。伯平業已定見奉諂，第須略遲數日，總在初十左右，以了此間筆墨首尾。新予信中言已面辭，且出月即來杭辦葬。彼此交接中間，稍曠數日耳。石齋卷，伯韓觀察已題來，弟又附跋一段。伯平、遇羹皆不肯下筆。此卷當由伯平帶上。（後略）

十八

昨得十三日信。局中人語云信面可以刊版矣。新予尚未到，可怪。想十二日渡江，先至項里等處也。從前見齋中功課單，精工已極，心即不以爲然。夫讀書學問，活事也。功課單，人家原亦有之，以期有恒而無倦。然學生之書日益多，事亦煩重，則必逐漸變動，隨時酌定，而後參活變於呆法之中。況疏曠日久，事不接續，而後按圖索驥，則所謂“以書御者不盡馬之情”也。功必求其核寔，課必量其能勝，人人不同，時時不同，求其人以付之，而不與聞焉。山谷詩云“勿爲百草憂春雨”，子弟之讀成與否，亦三分人事七分天也。《程氏讀書分年日程》，自來以爲好書，然自元朝以來，無一人能行之者，活人不可用死法也。新予患不能變化耳，拘守則有餘，因而至於竭蹷。溆浦張銘齋孝廉，弟雖未與之見面，而稍通書問，氣深静而意篤摯，真讀書人，子勤之亞匹也。已携挈東渡，聞南江蠢蠢而罷。溆城中囊粟甕葅皆無矣，剩幾本書耳，上有老母。萬一渡江，則此人真名師也。吾兄曾知之否耶？昨見朱子信與伯平書，言《書目》已録一本，交秩亭轉寄，已達否。刻貲之説，感不去心，姑先取存，待新秋動手。倘不刻，則當原封不動，以待將來完趙耳。

十九

六日不得手書。伯平、又峰皆共疑訝。弟謂兄雖有恙，亦必作書，豈爲甬東有俗事一行乎。頃忽得十七日書，五日而後到，想因河乾舟滯之故，乃始釋然。銘齋事，頃已致函。倘渠能來，則囑其携祠中書有函帙精好者偕來，多多益善。且看其覆書何如也。李君畫已看過，前信詳之，今以奉還。又許又樂自滬回杭，帶有琴齋託帶二函，内想笠兄書也。從如小恙，不克前來。今遣趙連往，銀錢之類尚可放心。刻事未可知，而惓惓之意，深可感也。倘刻事不成，當完璧歸趙耳。吾兄謂"'勿爲百草憂春霖'，爲此詩者未始不憂"，誠然誠然。《儒行》云"其憂思有如此者"，憂時樂天，并行而不相悖。惟所憂者，大若一身一家，則恐憂而不免於惑耳。前數日，又得天牖其衷之心悟，爲先儒所未發者，關係比《孝經》爲尤大（證之《禮運》，則《儀禮》十七篇乃夫子删定，并無缺佚。其次序當依《大戴》，以冠、昏、喪、祭、射鄉、朝聘爲目。《禮運》"御"字，乃"鄉"字之誤。其説甚長。先質之海兄，以爲何如）。質之遇龑，亦爲狂喜。已用如意箋二紙，縷布張銘齋，惜不得令鍾子勤聞之。現在醖釀蓄積，過一兩月後，當筆而出之，又可爲儒林之鉅觀。俟後方知非過於自負誇大也。昨聞金小岱言，瞥翁之書，海舟漏濕，現在整理，未知然否。

二十

日昨專足回,接奉還雲,并番蚨二數領到,竟可以刻《書經》矣。遇羹之刻《孝經》,只一文一字。即使稍增,不至太多,計二十五万字,三百千文足矣。不過白皁版,刻手亦未能精選。當此之時,誠恐底稿不保,白費心血,得印出百十部,流行世上。待時稍定,讀書人多,必有求刷印者。此書果成,全出吾兄之厚賜,拜惠真永矢勿諼矣。惟校定底本,寫本勘對,工大日長,得二人寫而十人刻,年内可畢工耳。至於《孝經通論》,書亦抵《尚書》之半,而新成之稿,未敢自信,遽爾問世也。將來俟《禮説》略有所成,并刻行耳。見示題畫册大作,情文相生,極得古人行文佳妙,惜稍冗長。妄爲删節,居然可存之作。拙撰《書經》刻成後,可否見賜後序一首,言明任刊刻之事,以不虚雅意。或由弟擬稿,呈覽後再行刻入,可乎。

二十一

昨接十六日手書,領悉一切。《書義》之刻,已與刻字店人倪香谷談定。每字一文三毫,因手功無不增加,且非《孝經》幾十張書比也。板不能梨,只好白皁板,刻完以年底爲斷。現已寫一樣字、刻一樣本來,看後寫承攬定局。吾兄後序,現不急急,弟擬代爲一稿,再行寄閱。且刻板將來尊處定居後,可以奉納也。惟祝風鶴漸平,得以了此心願,爲萬幸耳。

二十二

《禮説》現將屬草,亦通論其大意耳。弟到局譬之到館,早出晚歸，較之去年，以前應酬竟無，所以日日上來。但客來不斷，有其談可聽者，亦有乏味者。披覽之功，只能及半，晚間則與遇夔商略辯論。前日因論《虞書》"祖考來格"，弟謂即文祖神宗，遇夔以爲舜自祭其祖考，各爲辨論一二千言，自笑作癡人癡事也。《書義》刻樣一紙附覽，即弟抄書之板式，不知尚不入俗否。

二十三

日昨連得初八九信函，知初十定榮行，竟赴慈邑辦理喜事。日來消息平善，浦江已擊退無恙，則紹地亦不至皇皇也。册翁不知何許人，豈即慈邑大令乎。新予同去，雜務亦可相幫。轉瞬二十六吉期，佳兒佳婦，助增萊綵之歡，曷勝忭賀。甘泉先生前祈代請安，子密世叔亦祈問候。雖遷徙異地，仍多文酒朋遊之樂，惜不能追隨問字、親炙靈光也。上年小窗讀《易》，必有心得，想録成一種矣。弟之《禮經通論》已成者十八篇，係總論《儀禮》及大小《戴記》。自幸天牖其衷，擴儒先所未發，較春間《孝經通論》七十篇，關係尤大。俟録出副本當寄上，轉請甘泉先生閲正。至於《禮運》等篇，當另作解義，隨多隨少，有心得則成之，無則俟之。兹事體大，不敢作奢願妄想耳。要之《儀禮》自朱子分章、蒿庵句讀後，大意昭然，惟篇次當改從《大戴》。《大戴》有孔畀軒首塗，榛荆已闢。《小戴》陳氏《集説》，明白正當，而疏略殊甚，將來必更有發采騰光之日，我輩必不及見，爲之嚆矢而已。朱伯韓亦爲《緇衣》作論十餘篇。《戴記》各自分篇，小而易舉，隨力爲之，頗爲有趣。昨買得明嘉靖刻黄佐《樂典》三十六卷（又明刻《説苑》等，皆海昌朱氏拊琴仙館圖章），内有《樂義》九篇，言即《王禹記》二十三卷,信都芳删爲九篇之舊。詞句古奥,是否無從質正。甘泉先生不知考校及此否。又邱瓊山所刻胡致堂《崇正辨》,亦僻書也。黄乾行《禮記日録》亦佳。《四庫目》皆入存目,所詆訛不得其當,書固非眼見不可耳。

二十四

初八日接初七信。初九接初六日信。頃又奉初九日手書,欣悉喜事已就,先回壽勝省視,想老伯母以次均各安順也。弟《禮説》成後,又成《三朝記解義》,尚未録出,其字若亦有數萬。今年天誘其衷,斐然多述,目幸亦復自疑。《書説》已刻成一卷,寫樣又幾一卷。附寄《庭訓格言》一本,乞與甘泉先生共閲之。此書精妙無匹,《四書》《五經》之精華具矣,不知何以不布天下。弟偶得舊本數册,擬勸人刊刻也,何不託甘泉先生慫恿甬上人刻之。且俟甘泉先生看得何如,若讚歎絶佳,自然允爲吹嘘刊布,不獨官民士類皆可奉爲圭臬,且亦可藉激食毛忠義之氣也。

許槤 珊林

（二通）

一

蘇臺枉敘，快領教言。别後馳思，輖飢已甚。比諗侍祺楙豫，潭祉嘉綏，以欣以頌。日前陳世兄來，奉到惠函，讀之如餐玉屑。并蒙頒以《詩傳音釋》（此書曾由笠仙兄交到二部，恐有舛誤）、《紀事續稿》兩書，所謂“老見異書猶眼明”者，洵非虚語。十兒誦禾，幼稚懵學，遽挹芹香，亦承遠賜《詩傳》、摺扇，即命其下拜登受，誌感勿諼。委書“壽”字立軸并小篆楹聯，率爾塗鴉，寄呈補壁，亮不值大雅一噱也。《散氏盤》拓本，附塵左右。又《尚書集注音疏》一部，此書乃空前絶後之作，安得群經俱能如此疏證，吾輩叨益多矣。嚮嘗刻入阮氏《經解》中，偏傍譌誤不少。是本爲艮庭先生手書鋟梓，一筆不苟，具見楷模。今年假板精印數部，特奉一部，以供清賞。率泐布謝，順頌歲禧不盡。

二

别復經年，甚相思想，朵雲飛至，深慰輖飢。并蒙惠以珍嘉，既多且旨，發緘咀味，益軫鄉思。惟感泐之莫名，尤系懷之倍切。就諗簪綦多福，眷聚咸禧，引企之餘，可勝濘頌。閣下品高情逸，著述自娱，近時罕匹。以視吾輩之溷跡風塵者，奚啻霄壤。惟弟年逾古稀，有何繫戀，現因四兒誦宣，補缺不遠，決計引退，乘此宵燭末光，藉可補苴舊業，以付手民，亦未必非造物者之佑我也。臘底接舍弟楣來函，知吾兄有《外科正宗》之刻，此書徐批極爲精當，能得鋟梓，爲功不淺。竊嘗論之，刻書有三樂：終年讐校，孜孜不倦，可以收束身心，一樂也；鄉嬛秘籍，傳之人間，有裨來學，二樂也；日積月累，板片既多，子孫得以坐享羨餘，較諸良田，尤無歉缺，三樂也。又有三憾：所刻部籍，無關學問，無益世人，轉瞬便成瓿覆，一憾也；臆改臆删，妄自點竄，致古人面目全非，二憾也；刻即舛譌，印復率劣，即善本亦不耐觀，三憾也。弟以爲能去此三憾，更增一樂。然近時吳門有數人者，耆刻古書，未免此弊，深可慨歎。敝簏舊藏陳春暉所書“福”字，跋語之精，極所心賞。去冬鋟版朱拓，以公同好，兹特附去一幅，并花露兩匣，藉奉檀几，以博一粲。使者匆匆，率此作復，兼致謝忱，敬完謙柬。

許楣　辛木

（二十三通）

一

徐批《外科正宗》，極荷雅意，欲成此一段功德，稍暇當略爲整頓報命，然恐未能急就。承示《詩圖》又校正二處，少壯眼光，正當勝於朽老耳。《洄溪醫案》序文，應請甘泉翁爲之。顧訪溪徵君文，深得望溪家法，如甘泉近情拂鬱，則請徵君爲之亦可。弟因不能文，亦久不爲人作文，荒落無意緒也，知我能諒之耳。朶山家尤物，一旦爲祖龍收去，良復可惜。人生衣食外，此亦養性命之具也。

二

四月間辱惠書，久稽裁答，甚歉。比維起居萬福。承示醫書二種，今以奉繳。弟於此事茫然，《洄溪醫案》僅校出誤字數處，即轉寄吳葆山舍親。葆山醫學與王君孟雄在伯仲之間，亦極贊此書手眼通靈，即過録一本，奉爲鴻寶。又校正數字，囑轉致閣下，早付手民，以廣其傳，功德不細。惟内有脱簡，弟意得原本補之大妙，無則於章末旁注一“闕”字，從郭公夏五之例，何如？覆蔣中堂書，與《醫案》無異，似宜附刻。與秦司寇書則皆寒暄語,可删耳。《瘍科選粹》批點,確是徐氏手筆,足與所批《正宗》相輔而行,已過録珍藏矣。《正宗》尚未能動手,緣自二月來意緒拂鬱,看書一二十葉即昏冒汗出,作字稍久亦然,耳中似千百蟬鳴,尤以爲苦。自是中無定力,不免隨境非逆爲憂喜,致此擾擾耳。王君崇語自應附刻。弟簽出二條,質諸王君,未知當否。

三

《醫案》簽出各條,過蒙采擇,愧感愧感。承示"門首"云云,弟意名醫手筆,既未可輒改,又此等書取其活人而已,不當以詩文例繩之。正如藥物,牛溲馬勃,止期有用,非如佳花美卉,有一殘缺,便須摘去也。原本不分卷,似可仍之。葉多則當分,葉不滿百,可無分也。汲古閣《正宗》本,前得警翁書,即函致家三兄,向顧氏求之無有。弟觀此書俚鄙蕪穢,不獨一字句之失,即得原刻初印本未有所損益,意欲明文芟薙,稍令簡淨,其議論紕繆處則仍之,而以徐氏批語,條分件繫其間。苦耳鳴日甚未能,然此意終在,特難以時日計耳。坊刻不第惡劣,亦嫌行數太密。徐氏有圈點,須疏行乃可位置。弟舊刻《鈔幣論》樣格板尚存,寄奉斟酌,如可用,則《醫案》亦不須另刻樣格矣。連日有雨,四鄉霑足,農夫之慶,亦吾儕之福也。

四

接來翰,緣耳鳴甚,稽遲未奉答。《洄溪醫案》照原文刻甚妙。醫之有案,猶儒之有語録,近俚近俗,厥體然也。手民寫樣頗佳,惟弟意欲其精便。又《正宗》有雙行小注,宜少寬綽。前寄樣格,版小而行疏，似兩得之，擇用何如。句容於二十四日二鼓克復，由賊中自相殘也。此復，即頌著安。

五

日前由許村歸，接讀手翰，藉審履祉勝常爲頌。《壯遊圖》留俟細閱，再當奉繳。古人左圖右書，故戰國遊士於當時形勢，抵掌而談，如數螺紋。今論事而始繪圖，亦已晚矣。《洄溪醫案》樣本續寫就，儘可寄下。覆校之書，如掃落葉，不厭精詳也。《外科正宗》前月甫校訂二十餘紙，以他事中止。舊時鈔胥亦病，未能付繕，然遲早決當成之。此書蕪穢已甚，頗費芟除耳。草此布覆，即請吟安。

六

承示《醫案》寫樣尚整齊，惟誤字不少，此由原本不甚了了也。復校出數處，祈取原本改正。《壯遊圖》奉繳。摺箑附去。夏扇深秋始報命，亦鄙人不合時宜處，差幸得藏拙半年耳。桐城吴康甫貳尹贈弟文信國《松風琴銘》拓本，前琴齋寄令兄信時，想亦有之，無則弟處重本，可供賞鑒也。王君孟英惠書，明珠暗投，自慙於此道未嘗問津，容再細讀。望先爲謝教是荷。

七

前日自鄉間歸，接讀手翰，并承惠紫金錠，香氣沁鼻。自廣陵兵燹，戴春林遷徙，久無此佳品矣。謝謝。《醫案》樣本亦收到。弟近因作字過多，左目微疼。昨復下鄉祭掃，帶至舟中，略校一過，簽出處仍候裁酌。“亢害承封”四字，王君孟英應知出處，弟孤陋，實未知也。“脈”“肥”偏旁，從“月”從“肉”均可。《外科正宗》隨手增訂數十葉，皆用殘紙起草，未能排比成帙，日來思養目，束置高閣，須目力復再從事矣。知從者有滬上之行，不特稽古，亦可觀今，羨羨。

八

接還書，知貴恙有瘳，甚慰。雞血藤膠，恐亦宜敷也。《醫案》亦收到。弟昨云云，仍望藏拙耳。見愛之深，未遑熟察，至欲鈎摹付梓，慙感何量。兹亦未敢重拂盛怡，附刻末簡，代跋何如。惟原札字點惡劣，札語已不工，倘更刻畫無鹽，益唐突洄溪矣，不若仍以宋體行之。古人手書敍跋，皆自審其可以傳後而刻之，後遂多效顰者，弟則不敢也。改定札語，别録候裁。

九

鈔件奉去。留覽十二日，致甘泉翁一信未覆，想又放櫂至尊齋論文，此件希同閱。家兄自吳門寄到書册、拓本、“壽”字軸、篆聯四種，屬先塵左右，答信數日内繕就再寄，緣發家信時適有客至也。《洄溪醫案》見者皆欲得之，弟轉贈琴齋一本，未及開卷，爲一醫攫去。昨有信託爲發棠之請，而府學陸廣文亦託轉懇，飭印六部趙價。弟思閣下刻此本期濟世，豈肯收價，然陸君自不得不作此語。子輿氏所謂皆是也，而弟亦遂爲不憚煩之許子矣。能如數見惠，大妙。陸君言此書極有功於世，亦欲分貽朋好之知醫者也。邵蕙西比部以閣下意致葆山一部，亦轉贈錢也愚，醫中翹楚也。

十

昨接惠函，讀悉。《詩傳》補卷、《醫案》五册亦領到。洄溪學問高深，門外漢附驥尾且不敢，佛頭著糞，益非宜矣。重荷厚意，致謝。府學陸定波廣文，邃於醫而不肯診視，輯醫案已積至二十四卷。今日託葆山以洄溪書轉贈，即從索良方，或有以報命也。

十一

前覆小札，并附致甘泉翁一函，諒蒙青照。葆山醫論，與王君同否。雖高年，得良醫商用葯餌，可日臻康勝耳。頃陸廣文寄所著《冷廬雜識》一部，託轉奉教正，祈察入。小頤觀察新得趙書《天冠山詩》真跡刻石，又雙鈎一木本。五百年始見廬山真面，快事也，然僞本亦未可廢耳。雙鈎者弟處有重本，兹奉留覽。此帖蘇齋極推重，而水部乃甚不滿，然松雪聲價固不因水部爲重輕也。

十二

昨接來翰，藉審履祺多佳爲頌。《外科正宗》一書原本頗蕪穢，弟不揆固陋，多所芟薙，但取字句明淨，而意義則雖明知甚謬，亦仍而不改，俾讀者自行分別。閒文無用，乃直削之。前甘泉翁携去首卷，計數日内必可奉閲。惟闈期伊邇，閣下方摩厲以須，持此分擾文思，良深悚仄。覽後如以爲可，乞仍寄回，尚當請定圃、葆山兩君商定，再奉託轉請王君孟英參酌是非，庶不至貽誤來學。此書如得再删潤十之二三乃簡淨，但習外科者多不讀書，不得不少徇時俗耳。

十三

久未修候,想履祉佳勝爲頌。《重訂外科正宗》已謄清,今以奉上,共十一卷。閱後祈轉求王君孟英再行審詳,俾臻完善,以便别録定本,奉乞校刊。内第三卷係圖形,須後繪。所借吕君書圖形大小合宜,俟照繪後再繳。

十四

前接覆翰及徐批《外科》本,并蒙惠魯公石刻,謝謝。《麻姑壇記》小字本頗有異議,大字本則自宋以來推重,然佳者絶難得。今從宋拓帖特開生面,爲藝林添一墨寶矣,快事也。吕君《外科》本徐批,大段皆同,間有字義小異及脱漏處,乃鈔胥之過。惟刻本以此爲最古,乃從明本翻刻,有崇禎四年王欽敘,卷首小注雙行。全書僅八卷,不知何時分爲十二卷,弟所見本皆十二卷也。又此書舊題陳實功著,而敘稱王君,於《内科》之後别爲《外科》,而統歸之《正宗》,亦異聞也。祈致意吕君,校畢寄還爲荷。

十五

《外科》書蒙轉求王君校閲,所簽各條極當。信札明暢無俗語,亦可見其讀書之多也,惟獎借溢分,爲赧然耳。現擬印繕清本,陸續奉上,校定發刊。但鄉闈伊邇,或仍轉懇王君一校,寫樣及刻樣均歸弟覆校,何如?清本從王君語加圈點。令親友曹、吴兩君處秘方,肯傳世否,望示知,當空葉以待補入也。

十六

江慎修先生有《卜易圖機》一書，專論火珠林占法，弟求之數十年未得。鄴架藏書極多，如有，乞借抄一過爲荷。近聞杭州許鯫生兵部家藏書爲一紹興人所得，旋經本家贖回。蕙西比部曾以書目奉覽，何不取之。凡書七堂樓，何止万卷，僅售三百金耳，贖回亦僅增百金，弟聞之驚歎累日也。王君孟英處已得復信否，如未得，祈先將曹、吴兩方寄示，以便纂入。陸定圃廣文云，紹興陳素庵，名醫也，有《外科正宗》改本甚精，而秘不示人。爲子孫衣食計，不爲濟世計，雖良醫類然也。

十七

“徐批外科正宗”，自是一定名目，然曾與家三兄商酌再四，謂冠以此二字，則原本是一種，徐批又是一種，坊間將以爲二書而并行之，故但加“新刻”二字，混而爲一，則久之，此書單行而原本可廢矣。通部加句讀，鄙意亦如此，故徐氏圈、×、竪皆另注，一則不至相亂，一則圈、×、竪之旁難再加句讀也。今當於凡例標明，俾讀者照另注，自用朱筆加圈、×、竪於旁，似更醒目。外附《蠟礬丸論》，并質諸大雅及孟英先生以爲何如。王君原信奉繳，後半裁留，以便託友覓購吴刻外科書。

十八

昨接覆翰，并重惠《醫案》，感謝。小札續貂，又以爲愧。“煖腰帶”一節，玩《洄溪》“尋常”二字，則所用葯亦當不至如近時“保元帶”之貽害，而以“保元”託名《洄溪》，則貽害甚矣。王君辭而闢之，極見濟世婆心。惟弟未知“保元帶”來歷，故於跋語不甚了了。别有“保元帶”，是否託名，《洄溪》原方并無“保元”之名，是否即指《洄溪》之“暖腰帶”。恐不知醫者，亦類弟之茫昧，還須王君斟酌見教也。

十九

蒙惠《天官圖》，大爲茆廬生色。惟屢叨嘉貺，未有以答，且謝且愧。大壽字容涂就報命。《外科》刻資，承示由笠山人轉交家三兄處，極妥。此書得鼎力付梓，俾後人尋繹徐氏宗旨，不至爲原書印定眼目，功德匪細，亦令賤名因徐氏以傳，尤爲大幸，感感。家兄近從友人借得張潮所著《幽夢影》一書，云極有風趣。閣下曾見過否，有藏本希借閱。聞有異書，極欲得讀，不暇遠求耳。

二十

《外科》卷一已有樣本，奉去留覽。弟另有一本，誤字已校改付去矣。刻手佳者寥寥數人，不能欲速，須冬閒竣事。家三兄擬隨刻隨印，隨即草訂，則刻畢便有成書，亦以速補遲之法也。前囑書大壽字，兹以報命，草草徒負佳紙，如何。近偶得舊槧《周易正義》，有陸德明《釋文》，原題宋版。以弟觀之，似經明初修補，未是具體，然自勝近刻。惜首卷邊框稍有蠹蝕，未及裝修，僅以持贈，匪敢云報佳貺，亦永以爲好之義耳。

二十一

書來讀悉。徐批《全生集》，弟求之數十年不得，而今得之，一大快事，便叩祈借鈔爲荷。董君弟未知其人，當是少年能畫兼能書，近地所少。前此如小海花卉，名重一時，頗恨其款未稱。惟后山、雲樓兩翁，字畫俱勝。弟杜門眼福不廣，近所見錢曉翁，畫是家學，書略似雲樓而更秀出。外此非無享盛名者，所乏書卷耳。家三兄復爲湖上之遊，二十日自蘇放櫂。蓮翁對箋，留俟面交。家兄年高畏作字，曾有信令謝索書者，然以閣下之請，應無不可耳。

二十二

早間接還示，知從者近在湖上，與岱峰、甘泉兩老翁遊目騁懷，誠樂事也。承惠魁卷，謝謝。大作情文悽斷，惠連句、少陵史筆矣。弟前自城中歸，枕上哦甘泉翁作，輒次韻四首。次日適唐處寄屏幀來，遂竄去轉喉觸諱之語，書以與之。雖於情事未盡，然釵頭飲恨，略可從紙上摸索。此不足言詩，聊爲焦仲卿嗳氣，録奉雅教，并轉質甘泉翁也。《全生集》奉繳，徐批雖寥寥數處，而大旨已盡，且無甚貶詞。弟采入《外科正宗》“陰疽”一段，徐以明確許之，亦可見此書遠勝《正宗》，而又竊喜鄙見之暗合孫、吴也。

二十三

日前接復翰，讀悉。《泂案》可謂奇事，乃祖之書已不能刻而他人刻之，方當見德，乃復滋怨，真自有肺腸矣。《正宗》敘，甘泉翁謙讓不肯作，俟與家三兄商之，自當將來示云云敘入也。得甘泉翁敘更妙，有此一層，不嫌無着手處也，然不敢復請耳。

錢泰吉　警石

(三十八通)

一

承厚惠,謝謝。先塋在澉上何山之麓,望示知。日内心緒略定,當將後幅改好再商。圖如已裝好,便間寄來,以便謄寫。《詩經圖》上之字,應照許辛翁所校改定,兹寄去圖樣,可交付梓人,即令改正。"汝水"水字,欽定本有之(正統本亦失寫),"謂"字是寫刻之誤,僕目力不到,未曾改正,可見心氣之衰。他處斷不能無誤,陸續校出,再改可耳。辛翁讀書心細,可佩。

二

寅昉賢甥覽

頃接來信,并寄還《衎石齋詩》,悉一切。《衎翁詩稿》俟延澤檢出付來,鏡香可鈔一份也。《詩校勘札記》屬之生沐,是已成之局。生沐雖有言,不可改矣。日來又以朱氏公遷本校對(心如雖已校過,然一人心力目力,必有脱漏),再加一月之工,此書可爲明以來不可少之本,必勝祝刻矣。位西屬速成,然一書欲留行數百年,豈可不慎。若欲早成，則上年已有印本，不至今春也。惟願修改時不草率，乃妙耳。《札記》已寫兩遍，今又有增添，須更清稿，亦不擬寄杭。學問各不同，位西與遇羹，取見亦不能無異，只好刻成後待諸公評騭矣。翁選評各種，春泉得之，暇日可借。蓮翁來信，亦述足下言而生想望。刻《詩經》面葉之後，可刻齋名，序目之後，亦可仿胡氏本刻一圖記。尊意酌定後，可囑六舟描之，必妙。若每卷之後刻一圖記更妙，宋板往往如此。二十四日。

三

右信一紙、《札記》稿一本，閱後即致東湖主賓，想可釋然矣。望即令寫樣。如有寫樣本，陸續寄來爲要，如有舛錯，鄙人當任其責，以序中已有增定云云也。承惠陳本《三國志》，謝謝。然小齋無容有副本，遲日帶奉足下，可別贈人也。裱帖語日内問明六舟，再行奉布。

四

湘葵回城，詢悉種種。今日朱渭兄到硤，匆匆不及附札。旬日來手録《詩校勘》底稿，已到《小雅》之二。濮、唐兩兄邀往省中，明晚開船。所寫之稿，可帶與位西、遇羹商之。此事雖爲許心如代勞，然刻本一出，海内必流播，意欲爲數百年來《集傳》最善之本，不敢不慎也。省中如有信札，可交至寓中寄杭，可無浮沉。近日聞權課，已得清閒未？姚選《律詩》，已歸鏡香，頃與言之，大約須考後寄奉矣。沈蓮溪借管選《唐詩》去，此老詩律當日細矣，可畏可畏。

五

日内急欲了《詩經校勘》,遂疏箋啓。《詩經》若能修改如式,實可勝祝氏之《易》《書》,不獨爲别下齋刻書之冠也。鄙人少嘗寫經文,近又用力校核,幾及經年,足下及生沐所託,庶可無負。間有疏忽之處,實緣心力不濟,然欲再求一人,如此用力,恐賢智不爲耳。亦幸不列名,其疏忽之咎亦歸生沐也,一笑。頃閲來書,知新得好書各種,聞之亦覺神往。舊藏《家語》是九行大字,十五歲購於琉璃,生平所得,此爲最早,惜不能讀。小字本《通典》向所未見,暇日當詣高齋一觀,以廣眼界。前來書賬,鏡香已寄杭。《漁洋三十六種》評不全,鏡香未得也。湘葵信(即候不另)已接讀。日來校勘各種甚妙,但未知足下所借是何書,不及記憶矣。閏端六。

六

日昨湘葵到鎮,想已將《衎石齋詩》帶去,并談悉一切也。前日接生沐信,奉覽。賢昆仲互相謙遜,不知《校勘記》究竟何屬。然已寫定生沐之名,似亦難改矣。近借其朱氏公遷本,加爲一校,於事差可無憾。聞李少石云,禾中書坊有朱氏本,價甚廉。足下見之,何以舍置耶。

七

前日接信,論及學醫語。此與宗伯公與百泉先生札,論欲令恬齋學醫語同,雖非莊論,亦涉世之一術也,何必悔耶。今來《詩疏》刻本如已買成，當留與劉氏本互勘，俟《札記》寫畢後再繳，其價不知若干。少石但聞味腴談及，未見書，亦不知價。今粗粗一閱，作跋一通奉覽，實則初刻已在明時，藏書家并未見朱氏之本也。不知末附王氏、何氏語，有刻本否。

八

昨二兒寄去信件，想已收到。兹鏡香交來翁評《漁洋詩》二册。據徐姓云，漁洋各種如合式，當寄來，翁評不能全也。又《協記辨方》一册，云是足下所要，一并寄去。又鏡香還《五代史》校本一册，望檢收。

九

前晚想舟行順利爲慰。《詩經》目録擬定奉覽，目録後一行乞酌之，意似妥適也。倘以爲然，即可付寫。如有誤字，希閲正。祝本《易》《書》皆有封面，可仿寫之。此事總以六公爲擅長，如以爲然，當囑六公寫就寄去，但不知欲寫“寶彝堂”抑“五硯齋”，或别有堂名齋號耶，望示及。

十

《詩札記》清稿一册奉去（鄙人所定者已是第三稿），覽後可轉交生沐覽之，并乞心如兄一核，如無大謬，可即令人寫樣付梓。校核之功，須煩湘葵爲要。衰齡心力不繼，竭一年之功，因心如成稿加以擴充，不知能免貽笑否。本擬面商一切，酷暑不能如願，殊深馳企。

十一

昨寄去《三國志》評本,想已收覽。頃接到《詩札記》一本及心如兄手札,深佩用心之周密(序文改"翻雕"爲"付梓"似更妥)。至所慮元刻有誤而新刻與元刻不對,鄙意似可無慮,但恐元刻不誤而新刻誤改,乃爲不知而作耳(如此之類,望心如審定改正。若所指"皈大""章明"之類,初刻已然,泰未見鈔本也。竊意元刻斷不至如此,鈔本之謬誤滿紙,若心如兄初校所摘出者,却有專輒修改之字,如某字某字,他日或别爲筆記,以示庸妄)。此事本屬心如兄主持,弟未見元刻,亦未見舊鈔,但據新刻本與胡本、朱本、正統本校其異同,亦未敢指斥舊鈔之謬。位西謂爲曲意周旋,殊爲抱愧。序文中略删数語者,緣《經義考》泰所見刻本云"存",而來稿云"佚",或係筆誤,或所見本不同。"東門之揚"云云,則曾請生沐質之心如兄,承教而删也。衰年昏眊,本不堪任事,惟以積習未忘,又承賢昆季雅屬,所以率爾操觚,已四易稿矣。中有舛誤(如某本作某之誤,實心神不周所致,心兄审正,感感),竟煩心如兄刊定授梓。近日頭目昏眩,不能再行繕稿,祈亮之。"削定"云云,本不敢當,然妄論已多,存此數字,以爲任過之地,亦不敢辭也(心如兄原信奉繳)。以水友、心如駁正遇羹之説,可以并列册中眉間。略陳鄙見,乞酌。六月二十八。

十二

前日寄去《詩經》稿本,想已交生沐兄處。日來又就底本細看,尚有清稿時誤寫之處,望仍將稿本寄來,略爲改正,再行寫樣可也(或俟心如兄閱定後亦可)。此事非一人所可主持,錯誤之處,有人肯爲指摘,大妙大妙。心如兄商訂之處,仍望示及爲禱。

十三

昨接來翰及生沐兄信,知心如兄抱恙,不能用心,仍屬鄙人定稿。兩日細閱心如兄眉評,極爲周匝,已遵教改定。《卷阿》傳“皈大”“章明”,舊鈔本極妙,修版時當改正。兹將《札記》稿仍寄去,望交生兄、心兄一覽,即可付寫樣,不必遲疑矣,寫樣仍歸愚校對可也。序中“削定”改作“增定”,較爲從實,正統本十日來又閱對一過,似可放心。若刻出後有人肯取各本細細糾摘,便是知己。涉筆之誤,賢智不免,況衰齡昏眊之人耶,乞亮之。七月初五日。

十四

日來校游本《史記》,叨惠不淺,如有餘年,尚須假鄴架各本一校。惜《正義》無善本,總難滿志耳。聞二十一日到城,是晚即可在小齋暢談,盼盼。《史記》白文,及鄴架舊藏真王本,望携數册來,日内正在校游本,可以參看也。《詩札記》能早付寫手,大妙。俟湘葵到館校對可也。正欲發信,接手札,藉悉種種。《三國志》不知是送少石,抑以見贈敝齋,却是陳本,無容藏副。少石則近日專心舉業,以爲進取之計,舊書之好,似已屏除矣。望酌之,且俟回函,再定可也。《詩札記》鄙意付來一看後,泰再札致生沐,告知即行上板。如不以爲然,則竟若祝氏書,無札記亦可。足下本不欲沽名,愚亦不樂爲射的也。

十五

賢甥覽

頃接手函，并宋刻巾箱《詩經》一册，欣賞之至。此爲秦版所自出（得價聞係百金），衎翁本未見，當亦相同，或印得較精耳。眉上音甚佳，《東山》"敦"字，一音"都回"（敦彼），一音"徒丹"（有敦），分晰極明，不誤也。經文間有從俗者（朔日），然《定之方中》"終然允臧"，"然"字不誤。"家伯維宰"亦不誤。惜舊藏秦版兒曹携至都門，不能一爲對核矣。匆匆一覽奉繳，乞撿存。即候侍祉不盡。泰吉頓首。八月二十八日。

十六

頃接手函，欣念遊覽之餘，元旋協告，深慰深慰。袁太守觀宋版之約，留待後期。不知位西同歸否，抑仍至松江耶。袁太守大異俗吏，恐不能展舒裕如，然其植根固，想未易動摇也。碩甫書已收閲，另册諒已留存。日前接高伯平信，寄來儀徵劉伯山所作《兼祧之禮合乎古義説》，并伯平來信奉覽，大可刻入《節孝録》。僕粗閲一過，但校出一字。足下得暇，以《通典》及《五禮通考》《讀禮通考》一校，當益歎其引據之精博矣。極思趨詣，而日内又須開課，須望後方能抽身。吳門所見善本書，能示大略爲快。日來校游本《史記》，并校新鈔《衎翁詩》，心手頗不閒，然無所得，聰明日衰矣。

十七

昨晚李碩安兄回城，深以雅意招看舊籍爲樂。所録書單，雖尚未全，已爲美不勝收。聞《國策》吳注已得海曙校正，此鄙人所極快者也。衰齡不能作博覽之想，惟於《史記》有關涉者，尚不能忘情，然聰明日衰，人事擾擾，恐校史亦難成耳。示及贈碩安語，已轉致。碩安云，得觀佳本，已感知己，囑爲辭謝。鄙意沾潤硯田，足見古誼，遇便由此處轉交亦可。六舟昨交到題跋五幅，又奉送拓本四張、飛白對一副。恐航船有誤，當親自帶奉。六舟再三囑謝厚惠。馮詒齋節略抄出一紙，將來稿寄去，可囑人撰述。然此稿中無可着筆處，必須另覓機杼，以冀成篇。若如此節略，雖有名手，無益也。俟到齋中取《肇域志》一閲，或有生發，然甚難甚難。

十八

接來函，詳悉種種。海曙兄到五硯齋，大妙大妙。惜不能快聆高論也。袁漱六欲借杜詩，彼此可以互鈔，亦快事也。金星硯令小兒帶奉，想收到無誤。如欲刻字，望酌定交來。泰近日心思益拙，恐難得句，不若囑六舟刻足下藏硯款識爲妥。尚有一硯，亦可寄來付鐫。《詩》封面，天晴當與六舟面定另寫。正在作信，接六舟來字，奉覽。或購羅紋寄付，或用他紙，酌示爲要，《札記》後“覆校”一行，大可不改。足下不爲衆人之所爲，僕素所佩，豈有妄意揣測之理。若此“覆校”云云，已爲不攘人善之一端。“覆校”者，亦謂校字耳，謙之至矣。如必欲改爲“監刻印行”，亦無不可。未免太謙，望與海曙兄商之。《佩觽》一册奉去，羅臺山所校，翁學士摘取甚略，丁小雅跋中已議其疏，倘倩人録出，以爲校勘《説文》之助，或可節取也。位西今明必到，此次不能晤談爲悵。歸棹時能作數日聚否，想望之至。昨仁山來信，言及厚惠。不以豬肝累人,有愧先哲,而頻年相累,尤覺忝顔,惟有慙感而已,非筆墨所能宣也。唐端甫交到抄本翁集四集,附去。十月八日。

十九

足下整理舊籍,以爲銷夏之計,深爲欣羡。天氣稍涼,當趨詣暢觀。六公未大健,能否同至别下,尚難定也。《三國志》批校本,李實盦過録已全,極精審,兹奉去,乞檢存。明歲此間學徒分散,實盦必須别謀安硯,尚未有佳處,能爲推薦否。昨冬已承雅意,近又有佳書之贈,足以償勞矣。《詩傳》札記,恐諸公初編極費心力,而改處太多,未能滿意,然幸皆至好,或不介意耳。《胡疏》俟湘葵帶還不誤。《吉日》詩傳,"鹽"字足值百金。此書屢翻,須小收拾乃妙。六月二十八日。

二十

憬盦賢甥侍史

昨發信爲六公問羅紋紙,想可收覽。今來研板,當再託六公,必能如式斵之。新號已定,暇當搜索舊籍,闡發其義。但才思已竭,恐不能速成耳。位西約看袁漱六所藏宋版書,實爲難得之事,聞之亦深鼓舞。惟衰齡憚於遠涉,此願難遂。讓足下飽觀,鄙人耳食,雖不得肉,亦且快意也。小兒本擬訪漱六,以行期迫促不果。擾擾俗塵,安得有此清興耶。

二十一

今早交來各件,即令張三送至六舟處。接有四條,似有誤會,已致明五幅是囑題之件矣。李少温《城隍廟碑》一通，雖係重刻本，尚可觀也。舊藏少温《三墳記》，未經翻刻，日内檢出當帶奉。《西嶽碑》、兩硯兩對，託陸友帶去，希察收。

二十二

昨來信評論宋本《九經》極精細，讀之甚快。藏帖及硯，六公已裝成琢就，今日親自扶病携來，并對聯兩副。恐航人有誤，當俟便人帶奉，先此奉達。六公重九後有武林之行，前所示將意之處，六公謂可不必，然六時禪誦，似不能不藉佐清齋也。

二十三

前日寄一信，想已收閲。兹寄去《檢書記》稿，望閲之。如有未妥，不妨酌改。近日心力益衰，殊不稱意也。文中尚須填字，亦望填好，如不甚緊要，僕於望前到尊齋，再細商寫入圖後可也。倘即須寄江右，則日内寄圖來城爲禱。

二十四

頃展來函。論著書之體，實具卓識，知心神寧定，中實無病也，慰慰。日來看人修板，亦可爲養心之助，惟恐不周帀耳。六公輓聯兩付皆妙，前聯用《史記》“衊席”字，更覺高古。鄙人尚未有一字，可愧。游本《史記》二册奉去，閲後望仍歸此處，他日全部整齊再奉還。尚有明本兩首册在敝齋，須一抄序文也。《檢書圖》如即須寫發，交去人帶來。應補之字，乞補示後幅，似亦無庸更改，或稍易數字可耳。《節孝録》爲人取完,乞檢付一册。

二十五

昨在舟中,即作許辛翁信,望閲後寄去。頃與雒宜商之,以寫明兼祧爲是。此事不妨博問,或寄信位西先生一商。如足下不便詳致,可即鈔愚與辛翁信大略寄覽,何如?所貽汪本《後漢》,瀏覽甚便,何敢得隴望蜀。昨了却院卷,又從事《史記》,惟零雜筆墨甚煩,必得良朋暢敘,以掃積悶。唐端甫得翁覃翁手校《説文》,昨携來暢觀,惜僕於《説文》之學毫無把握,惟賞歎硃墨之工而已。

二十六

昨接朱述翁信,有奉致賢昆季兩函,欲乞所刻書,兹特寄去,收明轉交。又《外科正宗》原本一册奉繳,一并照收。程淡如自言手抄醫書七部,前以一部付二兒帶京,今病中撿寄一部,囑奉足下,希留存。他日能鑒其苦心,采輯一二,以存其人,亦功德也。前言程蘭川《法帖考》,已託辛翁向吳門借鈔,或不吝也。望前有一信與曉庭,寄文後翁印譜,未見回信。伯聲到館望問及,不知收到無誤否。伯聲於硯上畫竹甚妙,已託蔣梅坡攜帶至京,望并致意伯聲。恐京師見此妙筆,必日望其會試到京,厚送潤筆以求乞也。

二十七

頃接手札,即令大孫持札往詢。少山尚高卧,《茶録》(云是手卷,有御題,然否)不特少山之母知之,即其家老嫗亦知之,云錫夫借閲後不知所在，則爲其家至寶無疑。且俟少山睡足時再商，恐今日寄信來不及。望足下留存五硯，勿令他往爲妙。少山縱有游移，此件不特安瀾之寶也。不知是墨跡，是宋搨本？

二十八

昨發信，想已收到。晚間少山來談，謂極欲得《茶録》，而錢不湊手，大爲躊躇，意欲懇足下暫押，遲日有錢，可以歸趙，否則不知所之，殊爲可惜（以上皆少山語）。倘能留至中秋後，得來一觀，亦是眼福。望酌之。《集古册》中有《茶録》，不知是一本否。實翁來信所寫，諸人皆不認得，不知《佩文齋書畫譜》中有名否。日内急了《史記》，不暇細檢家藏之物。無大名公題跋，較之作僞者，轉高一籌也（實翁處恕不另答）。墨跡若真，不必題跋，亦值重價也。張氏《清河書畫舫》載《茶録》真蹟，但録文跋，殆自《甫田集》中録出，未必見真蹟也。《庚子銷夏録》《江邨銷夏録》中不知有否。少翁得暇，如檢得題跋人原委，亦莫大功德也。泰未見諸君之筆墨，不耐爲之寫履歷。八月八日。（下鈐"以代耕織"朱文方印）

二十九

接讀大作，欣快之至。今早細細讀之，略舒所見於後，望與曼亭諸君子商之。論文不能不如此，若在場中，且信筆揮灑，不必拘執爲要。鄙人本無功夫，近更荒棄，此調久不彈矣，一題到手，必不能成篇，勿笑也。《茶録》語又致少山不答，大約無意於此矣。但不知墨跡如何，惜未得一觀，以廣眼界。沈南乙遽作古人，其文稿想必已有定本,能即刻否。

三十

頃展大作,信筆揮灑而能如是,快甚快甚。精神若能支持,決計應試無疑。時藝實爲有用之文,且可教子弟。鄙人向不專力,今猶悔之。鄙意當以儲材積理爲主,若有實得,與古文何異。墨卷不過取其機調也,熟而不爛,豈不更妙耶。二兒十年之功,却亦不少,然爲一官所誤,究竟不專,無怪不得也。頃接金岱翁信,知定於初九日到尊齋,約愚前來快談。不知足下處有信否,兹將來信寄覽。愚亦定於初九早開船到硤,想足下不嫌煩擾。愚與岱峰共論,諒必樂聞,但勿譬考亭《詩傳》,使此老動怒耳。

三十一

承示和岱翁詩,若尋常應酬,儘可寫出。和岱翁是好題目,必須存稿,另紙奉覽。大約先求七字一貫。昔人謂,七言詩可截去兩字作五言者,便非好詩。足下却無此病,所嫌七字尚可劃作兩截耳,望再酌爲妙。日内小有筆墨,所以答信稍遲。岱翁詩搆思未得,只好閣筆。囑繕韓履卿對,今擬兩聯奉商。若用長聯,須寫龍門,可酌之。如能酌改,更妙。對語不足爲吴會英才悦目,恐不免阿蒙之誚也。胸中總乏新樣典故,華麗字面,大不及柳東矣。出名以大名爲妥,若何稱呼,望寄知。拙筆代寫,不嫌否。或將對寄去,另請名公寫之。

“傳桐蔭舊話菊圃新詩世學早推貴介弟(韓億家事),聚吴會英才京華文物耆儒今屬使君公”(或用“數”字較老,然不若“聚”字合時)。

“安陽溯司憲高門名齊五老，昌黎爲相夔介弟學貫百家”（見《韓集》虛君志）。

三十二

昨接來翰，知已習静用功，欣快之至。佳篇細讀，極有精神，不似病後筆。略寫所見於眉間，不妨緩緩酌之。聞排律工巧，足以勝人，急思一讀，定可與南宫高捷諸君子相角逐也。試帖一册，係子方從蓮翁選本鈔寫楷書者，爲其弱歲之筆，皆沈選也。後附行書，所寫則不知何人之詩。其册爲孫輩翻閲已敝，首數葉能囑人一爲整理，亦無量功德也。子方小時，律詩甚拙，及鈔成此册，居然成句矣。湘兄信亦讀悉。《事類賦》改爲排律，不獨未見，亦所未聞。或請湘兄做成百篇，只消太白斗酒耳，想無難色。日來自寫校史稿，便中尚欲借殿本《史記》，不必急急。《晉書》俟便即還。

三十三

前日接手札及新詩，粗讀一過，適有俗務，未及即答。今晨又讀來翰，悉一切。《詠鴬》一聯，係第七聯。原本已穩，改本韻較濕，不必改矣。四詩皆極工整，略寫管見於眉端，不知有當否。僕於此事，與時藝同爲外道，不能深知甘苦也。陶詩之“詩書”，似以鍾説爲是。但近人作此題則多泛屬，湘兄從俗之論，亦未爲非。子方手鈔排律，承修補完善，發棠亦知感激。足下所患無甚緊要，然宜静息，且緩搆思爲要。謄寫詩篇，字極工，筆畫極講究，良可把玩。兀坐寫小楷，亦易滯氣，不若從容涵詠，轉可養心也。

三十四

昨來手函。備聆妙論,詩篇細讀,足見研鍊之精,子勤可謂直友。唯"閎中"句略有聲病,意雖佳,尚宜斟酌。題圖詩已極工穩,"師""儒""錢"三字稍滯,易以"穀""箋"二字。鄙人雖不敢當,詩人譽揚,不嫌過分也。每日理董《說文》,此根本之學,大妙大妙。舉業則無籍乎此,想必別有課程。聞湘夔言,會試詩題大作有兩首,渴思一讀。"車捆"屬對甚難。湘兄詩極工穩,畢竟好手也。意欲得柯本《武紀》《封禪書》二卷,以《評林》本删改太甚也,然已經詳校,即不補訂亦可,非求必得。

三十五

頃細讀佳篇,毫髮無憾,波瀾老成,欣快之至。奉繳來稿,可即寫入圖中,不必再推敲矣。岱翁詩稿俟湘兄帶還,詩多可傳,惟壽詩太多,不肯删稿,恐稍減價耳。

六舟囑題湯雨生將軍所贈畫梅即次自題韻

衆生苦顛倒,孰肯解其縛。將軍拯物心,欲使出溝壑。老梅得成柯,寒不愁雪虐(自題云琴隱園盆梅得地成柯,回念其束縛之窘,慨焉贈之以詩)。那知琴隱園,悲風頓衰索。城郭人民非,翔舞歸來鶴。幽香伴忠魂,苦惱乃極樂。平生金石契,高僧共詠謔。遺墨佛護持,九霄氣磅礴。

甲辰之歲湯雨生將軍手書詩幅以寄生沐丙辰夏日生沐屬題

手書近作筆如飛，比似元戎羽扇揮（“元戎知健飰，羽扇未停揮”幅中句）。難得江郊烽火遠（“漸欣烽火遠”亦幅中句），林泉幽賞暫忘機。

重看琴隱曾藏帖，惆悵蕪城感廢園。不及北平孫少宰，暮年銷夏閉閒門（將軍以退谷所跋《群玉堂帖》寄生沐，媵以詩幅）。

三十六

昨寫奉拙詩一首，想已收到。寄來位西信，即日交航。頃接許辛翁回信奉覽。似不欲他人着筆也。雁山茶味，粗人不能領略。兹寄去少許，可與子勤、燭門、湘葵諸君子嘗之，并乞佳篇。燭門能填一詞更妙，在平陽時曾試此茶否。拙作略改數字，遲日當録一箋奉去，詩不能稱題，因題存詩而已。因足下有意詩學，衰朽亦未敢自棄，但有才盡之患耳。端甫已將五七古選本交還，倘須檢閱即寄還，否則遲日再寄如何。拙稿本在案頭否，殊爲懸懸。金處古泉，前承囑寄信岱峰問及，緣諸務鹿鹿，尚未致札。刻接岱翁信談及此事，老翁亦願成就。兹將來信及小岱信奉覽，應若何致答，望酌定示知。來信之數殊不菲，不知究竟若干，僕不能揣度也。

三十七

賢甥足下：

日前接到方存之所帶之信，深慰飢渴。昨又到包封信，今日專足賫到一件，藉悉侍奉安康，旅居順適，且多友朋之樂，欣慰之至。二小兒正月二十八隨節相閲視各營，頃得信知初一行抵大通，軍務平穩，日内當在金陵矣，三月望前後計可回省。昨今來信，均已先後交邵子齡，伊即當有回信。位西信息杳然，殊爲焦慮。諸君子高誼，不獨邵氏子弟深感也。節相屢見，必舉足下，謂氣味甚佳，固由位西譽揚於前，亦知節相之賞識不苟也。僕冬春以來眠食稍健，而行步尚艱，僅出門兩次，來候之客，多未答拜。巢幕之計，無可如何，前途正難逆慮。漢上能久居否。足下毁家之後，生計日絀，此後謀生之術何若，殊爲懸念。賢郎輩功課，想必綿密。湘葵成進士，桂山得鄉舉，皆可有出路。惟直隸大順廣告警，湘葵尚未得實缺，不煩籌畫也。白英來信，欲探海曙、傳山現在何地，足下如得消耗，望寄知。海昌、海鹽陷溺，諸家均無信息。二兒擬遣人往探，尚未能行，言念及之，難安夢寐。僕筆墨久荒，然世有高義，素所樂聞，如寄大略，當俟病軀稍健，必當載筆，但不能限以時日耳。此間作手不少，或少轉告。事可傳，文亦可傳，當所樂爲也。即候侍安。泰吉頓首。

三十八

前日子齡交到手函，并承惠湘蓮六斤極佳，大可爲調養之品，感謝感謝。并諗侍奉安綏，深慰遠念。屢見來札，心賞運腕之工。昨見寄子齡數紙，篆書、行草均較前更進（位西尚未得實信，不知可蹤跡否，大切懸慮），大快大快。前人講業於患難之際者，是爲真學問。書法雖小道，然可以養心性，可以消雜念，實萬全良藥也。滌翁於文字門徑通達正軌，兼以愛才若渴，賢才會聚，不異都門，凡所心許者，必屬其相諧。前月常州方駿謨字元徵，寫古文數篇來質，大有佳搆。數日前，温州孫琴西衣言、林若衣用光，先後見過。孫爲吾友項几山廣文之甥，林則几山之壻，早知鄙人，以是益相契合，惜行步尚窘，不能與諸君暢談也。貴州獨山莫子偲友芝，欲爲僕録《史記校勘記》。子偲極誠篤勤慎，若一年無事，可望寫成。海昌城中良友不少（二兒擬遣人至海昌、海鹽探問至戚，尚未能行），今皆不得消耗。濮春泉、唐端甫不知流落何所，端甫若來此，得見名流，所見當更廓充，亦不知遇難之後，所業不廢否，其精神太弱，殊可念也。先文端公謂"功夫不怕狠，只怕整"，斯言可以銘佩。病後不能久坐作字，草此奉答，即頌侍安。并問潭祉。癸亥二月二十五日，泰吉手泐於安慶省城。小兒月底月初可以回寓。

足下欲寄示覃翁詩，甚佩雅意。僕心力衰耗，舊書尚能尋覽，偶閲未見之書，則心氣作悶，未數紙輒掩卷，不能思索矣，翁詩可無庸見寄。先紫芝公家訓云"與其求彼新知，曷若完爾舊好"。僕謂交友固然，讀書亦如此。少年頗好泛覽，不得專精一藝，老年知悔，已無及矣。足下以爲然否。泰吉又啓。

王柏心　子壽

(二通)

一

柏心遊鄂,匆匆返櫂,未獲與先生申傾蓋之歡,乃承手翰先頒,猥垂藻飾,讀之增愧。又蒙惠贈家刻《詩集傳音釋》一書,羽翼經訓,昭若發蒙,厥功甚鉅,再拜敬納,謹謝謹謝。囑商校亡友《陳梁叔遺詩》鈔本中訛字,凡經先生所改注者,皆不誤也,其脱句則難以意續耳。謹將原本繳還,得早授匠氏,幸甚。擡頭用另行平列,此亦通例,無不可者。梁叔全詩凡若干卷,剞劂約何時竟也。拙刻《漆室吟》一部,敬以奉致,乞賜糾摘爲幸。艤舟裁答,書不盡意,肅此奉謝,祗頌著安。愚弟王柏心頓首。

貴鄉秀水楊利叔孝廉曾識之否。又拜。

二

仁兄大人左右

客冬在夷陵兒子家,遇郵手牋,見致拳拳,爲梁叔徵傳,讀之惻愴傷懷,霑纓涕下。甚矣吾兄,篤於友朋風義,無間幽冥,此亦何減古人哉。梁叔,烈士也,書其大節,必子長、孟堅、退之、永叔之流,乃足以磊落軒天地耳。柏心何人,敢辱授簡,然吾兄諄諄命之,而梁叔又生平所心折者,遂不敢辭。傳稿已草就,惟恨才筆荏弱,未當史法,送請裁定,祈教之爲幸。承惠《易》《書》二經傳注刊本,宋儒精華,實勝漢學之汗漫,先聖微言,賴此復闡,謹當登之座右,手批口吟,藉炳燭之光,稍收晚學之效,或不負吾兄之厚意也。謝謝。柏心春仲仍有夷陵之行,以東湖邑乘既須蕆事,而彼間聶陶齋太守又有招輯郡志之約。才非倚相,學愧茂先,以孤陋而忝事編摩,不免發覆瓿之誚矣。新正風雪嚴寒,視三冬有過之,稽之《洪範》五行,得非偏深,但兆水潦,不爲他警,即云幸耳。呵凍擘牋,不盡所云。祗頌春祺,肅請大安,惟亮察不宣。愚弟王柏心頓首。

附:監利王柏心撰陳君梁叔傳

君姓陳氏,諱克家,字梁叔。元和縣人。少挺奇資,其於學精詣卓絶,慕古人志尚,英跱傑立,深沉堅定,不厭澹泊,思抗奇節於千載之上。所交必海内名人碩學,不以己長驕人,非其人亦落落寡所諧,用是得孤介聲。道光某科舉於鄉,偃蹇不得第。家貧,恒櫜筆旅食。金陵陷後,將軍福公延主行營章奏。福公戰歿,軍門殿臣張公復延之。張公忠勇冠諸將,爲主兵者所忌。既築長圍困賊,然諸將不相統攝,君策其必敗也。賊果潰出,張公死之,君亦死之,咸豐庚申某月日事也。當是時,君以賓客主牋翰,義可引去,獨不去,竟決然死之。君蓋憤專閫者怯懦寡謀,徒擁高秩自尊重,連兵數十萬,相持數年,不能制一袄賊,敗則逋免,曾無愧辱,或倉皇引決,以塞罪愆。獨張公號爲敢戰，顧媢其成，攻陷之至死，而吴越遂皆陸沉。又感張公之知，欲效南雷同殉睢陽，故不憚以身填鋒刃也。嗟乎，非烈丈夫，孰能若是哉。君未死之前一歲，郵書柏心曰“與其任庸將帥，不若用賢守令得民心者，使募士屯險，制賊陷掠，或者可救燎原”，語蓋有激而發，然其言實天下至言也。君見婁姚先生論説，益折節事宋儒之學，故臨死生能剛毅不撓如此。没後所著録皆亡失，其友蔣君寅昉從他處掇拾梓之，僅得四卷，又語柏心爲作傳。君他事不能悉，舉其大者，他可略也。蔣君汲汲好義若是，能不負死友矣。

論曰：柏心於梁叔未識面，蓋得之亡友葉潤臣、張仲遠及姚先生所稱，最後乃以死節聞。君言制賊用賢守令勝庸將帥，使得一郡一邑自效，所言決不妄。栖栖戎幕，未有禄秩，果能料成敗，臨危大節尤偉，以此知東南俊傑，懷忠義、藴智能，與煨燼同没者，不獨一梁叔也，然君其尤烈者已。

俞樾　蔭甫

（二通）

一

吟昉仁兄大人閣下

昨承臨顧，因感寒疾，有失倒屣爲歉。承示河圖、洛書之數，發圖書之精蘊，闡先儒所未究，計必有甚深之義，爲天地立心、生人立命。可惜弟章句陋儒，於數學茫然，不足以仰測高深，有負提撕盛意，愧悚無已。謹將原圖奉繳，伏維照入。弟自遭大故，心緒頓衰，日來尚不能讀書，即讀書亦無悟入處，不足以辱下問也。手肅，敬請台安，摹璧後學謙稱，惟鑒不宣。愚小弟制俞樾頓首。

二

謹啓者，承一再賜教，不以愚蒙而棄之，甚感甚愧。但樾於河洛之學實未研求，全無頭緒，不敢强不知爲知也。手肅，敬請著安。寅舫先生有道。制俞樾謹上。原册附繳。

方宗誠　存之

(一通)

一

尊兄大人閣下

別已經年,時悉道祉安吉,爲頌爲慰。舍侄在鄂,久承吾先生雅愛,飲食教誨,俾知觀感興起,古君子之用心,如是如是,殊可感也。陳梁叔先生詩中有《秋夜和方直之東樹丈》一題,此家兄也。字植之,誤作"直",祈改刊爲荷。植之先生之孫亦好詩古文者,今年新入學,欲乞賜梁叔詩一部。徐毅甫在此,與梁叔至交,亦欲賜一部。弟亦欲得一部,祈賜下爲感。此請道安。弟方宗誠頓首。

顧廣譽　訪溪

（三通）

一

十九日有一緘，托敝相好轉呈，定登記室矣。曩晤時論及元羅氏復《詩集傳音釋》一書，與許白雲《名物鈔》大同，弟約略舉羅氏《匏有苦葉》篇釋“軌”一條，見於他書所引者爲説。其間小有錯誤，已置之不復記憶矣。比偶檢許所釋“軌”字，乃本之黄公紹《韻會》，實爲説《詩》家所未及。而明輯《大全》，引以爲“廬陵羅氏”。馮氏復京《名物疏》，亦以爲羅中行，陳長發、王尚書并從馮。蓋羅氏書罕見於世，近儒特就馮所引者引之耳。案朱氏《經義考》，以羅氏復《詩集傳音釋》二十卷，編次於許氏謙《名物鈔》八卷之後。朱氏之例，每書必詳載其人生平履歷，此止述黄虞稷曰“字中行，廬陵人”而已，是其他無可考也。又必臚列序文，不厭其詳，而此無之，是本無序也。末有按曰“曹氏靜惕堂有藏本，乃合白雲許氏《名物鈔》而音釋之”。夫羅與許同時，乃并其書爲之音釋者。白雲元代大儒，負重望也。又嘉定錢氏《補元藝文志》，以許《詩集傳名物鈔》八卷、羅《詩集傳音釋》二十篇連屬，足知羅與許自爲一時人。觀《經義考》所云，參以《大全・邶風集傳》小注,《大全》實襲用劉氏瑾《詩傳通釋》,而所載羅説適與許符,足見全采白雲《名物鈔》之言,羅氏原書正是如此。而令兄生沐先生所藏者爲完帙,真元刻舊觀,閣下重爲授梓壽世,又附以《校勘記》,可謂有功是經,尤且審定再三,具見用功之詳慎。謹以鄙見所及者奉陳左右,惟高明裁之。

二

前月初收到惠書,并見借《詩總聞》六册,曾有覆函,諒蒙察入。廣譽於是月初補假端陽,未及送考。既望來舜湖,展讀來緘,外《經苑》四套謹已領悉,銘感無涯。六月初擬重理《毛詩》一過,而愈治愈覺其難,不審大雅何以教之。《四禮榷疑》八卷,業從可亭兄索還,但此書有須增減處,俟異日改定後,出以奉呈台誨未晚也。外一函欲寄邵蕙西兄,求加封轉交是荷。伊遇羹兄之物亦附其中。種種瀆神,容圖面謝。

三

南北睽違,合并無期,殊深企望。比惟興居迪吉,定叶私忱。《蓬萊閣詩録》之刻,風義何讓古人。且以其集遠道見託,譽不敢有虚雅意,存之新甫處。第新甫有餘地,少暇晷,而譽又以《昭忠録》事來吳門,郵致非便。去臘蒙賜手書,且囑補刊大作題詩兩首,適由欣木至蘇交來,因出曩者札示需改若干字,并以付之,俾與新甫議妥從事。兹得書,知已辦就,板亦收存渠處矣。欣木復於書板箱内撿得原書,有補刻南一敘文之言極允,字去容更商之,當有以復命耳。

汪士鐸　楳村

（七通）

一

《肇域志》二函、石齋手卷一、查學士册葉一，今繳上，祈察入。《肇域志》士鐸綴以數言，并祈政之。昨所觀地圖如能一假，請交去手，三五日奉上，緣足弱懶行。《讀書雜志》不知現在何處，可以轉寄也。

二

送上《海隅圖》一幀，祈檢入。此圖係據康熙朝輿圖而成者，故最確，其小小筆誤，亦不免也。《元遺山詩集》能一借讀否。地滑，不能親詣也。

三

承示喜極，祝其真且速也。九洑洲在金陵城外大江中，金柱關，蕪湖也。"青春作伴好還鄉"，士鐸可與先生預訂此約矣。昨往糧台訪郭少青，失迎車駕，罪罪。《輿地紀勝》有刊本，向未聞也。已略有蟫蝕處,必曬之始佳,今壁上,言輿地者不重此書也(詩家喜之)。《張楊園集》取來否,《周易折衷》有否,如能以此二書假一讀,感甚。拙著一本請檢入。陝事日非,有舍親在長安,念之不置,奈何。

四

寅昉先生侍右

承詢潛邱語,乃徵君言《明統志》之載人物,而其時東海志局踵之,故兩公之言云爾。以不敢議政令,故婉言之爾。今《統志》歲有所修。道光二十七八年間,友人胡季論以修《統志》功,由銓部主事補郎中。詢其所修,乃歲增列女、名宦爾。現行《統志》係鎮江人印者,即尊處所有者是也。其載田賦而不及徭役,當依道光十八年所成《會典》補之。朋友之稱,視其所施,屢辭撝謙而不得,自覺無禮,故以相稱。如芳版改呼,亦當隨而展敬也。肅復,即頌道安。後學士鐸頓首。

五

昨以目眊,不能送迎,失於祗候,深爲悵然。所示"畿輔"字,似不必擡寫,不若末行增雙行小字云"○○,按劉方伯事,見魏默深《聖武記》及某氏《靖逆記》"爲妥。《統志》之繁,見於萬徵君、閻徵君所論,猶有未盡,大約宜删人物、寺觀,及不典之山川、古跡也。而士鐸以爲又有宜增者,則賦役及各縣至郡、至省之塘汛也。精神衰旄,不任筆墨,略草數言。肅復。

六

先生尊右

鄂垣别後，靡日不思。比辱世大兄賜書，具稔潭祉吉祥，起居佳善。梓鄉雖經兵燹，而賃廡梅坪仁兄别墅，亦可蹔安行李，徐理故居。欣忭之忱，非言可喻。誠以楚北聚首，同屬難民。道藝過從，客邸樂事。閣下既歸珂里，此間遂無可晤言。嚴中丞爲官帥劾罷，即日買櫂西歸。書局已成罷論，而所假鄴架之書，姑俟妥鴻，再謀送上。六月十六日金陵克復，士鐸亦希有歸骨家山之日，特大兵之後，疫氣方行，須俟荆棘豺狼稍芟陳跡，大約亦在明年春也。新撫吴公昌壽，云係閣下同鄉，尚未履任，署事唐公義渠，時人比爲督師經歷，言其氣和易，仰承而已。然五日京兆，實已無可建白，不足爲唐公病也。囑方伯有《湖北通志》之纂，聞其明年開局，未知能成與否。張廉翁自四月回里，至今未至，聞其有至戚訟事，未知確否。邢子翁兼攝軍裝，公務益冗。倪豹翁大負中丞，現爲清議所不與。平情論之，不過知小而謀大，中丞之不知人，非豹岑之甘誤府主也。鄂中時事，知關錦注，聊用敷言。肅此，即頌道安。愚弟汪士鐸頓首。

欲共桐江把釣竿，忽傳歸櫂發郎官。星明婺彩春暉永，龍護瑶函海氣寒。亂後故人宜賣葯，天涯熱客漫彈冠。高城日望南來雁，告我淩霄五鳳丹。

甲子春中，寅昉蔣君奉其太夫人歸里，詩以誌喜，即請政之。江甯愚弟汪士鐸呈。

七

《王船山先生遺集》湘鄉曾宫保所刊,外間甚稀,謹以一部奉上左右。其書如《五經稗疏》,已采入《四庫》,而一時膾炙人口者,則在《宋論》《通鑑論》。英辭偉識,開拓百世心胸,知善知識必能鑒别也。

船山與亭林齊名,然本縱横家流,於經子集恐有未合。若議論各史,深文刓覈,鐸發猋起,浙中諸公尤重之,亦永康之流派也。湘潭王氏曾刊之,友人鄒觀察叔績爲校正,燬於粤匪。同治初,湘鄉曾沅圃宫保重刊於金陵,印行於湖北,寄贈一笥。士鐸老病昏眊,無所用之,卧念故人多千里駒,不可不讀是書也。因浼海昌唐端甫先生代致之,以將鄙意云爾。江寧汪士鐸記。

卷二（第二册）

鍾文烝　子勤

（二通）

一

尊兄先生大人閣下

十一月初六日接讀賜書兩件，并賓日、翼甫文信各一件，均由蔼生手奉到。二十一日又接讀賜書一件，并廉卿同年書一件，係由少懷兄轉送蔼生處奉到。次第讀悉。敬惟上侍億安，興居百茀，談道而霏玉屑，讀書而獲珠船，甚善甚慰。别來七百日，相隔三千里，而每言必以道義相勖，情意肫摯，溢於楮墨。又蒙篤念窶貧，由蔼生處轉奉鷹洋二十圓之賜。韓子所稱感恩知己，殆兼而有之矣。弟自去秋患三陰瘧證，時作時愈，今歲入冬以來，此疾一發不止，雜以肝證，較前轉劇，屢葯罔效。一月中安適無恙者，不過十日，飲食大減，精神頓虧。館課之餘，重以俗冗，殊無讀書之暇，而浦西諸故舊亦因大疏。孟英死矣，欲服藥無可崇信者，每念及此，良用藎然。屢欲函達左右，而輒遲遲不果，亦緣病爲累耳。尊論歷陳學問消長，而謂程朱爲吾道嫡嗣,字字明白曉暢。即此可見閣下之識之卓,可見閣下之守之正。大抵學問之道,莫患乎意無宗主,而汎覽書林,吾兄既得所宗矣,塗轍廓如,户庭秩如,從此而堂而室,所就豈可量哉。書中又言漢學、宋學,統於一而無事於爭。竊以漢、宋本非有二學也,漢學莫盛於鄭,而鄭君説訓詁制度,亦皆所以明義理;宋學莫盛於朱,而朱子説義理,亦不能求諸訓詁制度之外(求諸訓詁制度之外則異學矣)。特就其所得尤多者言之,則若各有所主耳。人之材質,各有不同,宗漢宗宋,無所不可,果其精且熟焉,則其途雖殊而其歸自一。此在孔門四科,亦皆如是。不然,豈顔、閔無文學,而游、夏無德行哉,抑豈顔、閔、游、夏,絶不知有政事、言語哉,夫亦各言其尤盛者而已矣。方今漢宋之學述作大備,其從講學明道而入者,似宜以濂洛關閩之書爲主,而上溯漢唐,若唐以前章句之腐儒,則固必黜焉。其從擘經考古而入者,似宜以周秦兩漢之書爲主,而下沿宋代,若宋以後鑿空之臆説,則亦必絶焉。由前之説充之,則德行可以兼文學;由後之説充之,則文學可進於德行,亦一而已矣。蒙之爲《穀梁補注》,意在後之一説,而不自知其能副斯言否。唯竊以爲《春秋》之大義微言,獨穀梁子得其本旨,實當爲《春秋》之本傳,有不盡於陸質、孫莘老、胡康候、鄭漁仲、李榕村諸家所言者(諸儒皆稱《穀梁》最精密)。又《十三經》中,獨此書未有發明善本,是以忘其固陋,全録范武子舊解於前,而補之於下(范之失甚多,以其相沿已久,故全録之)。其體例全似洪慶善《楚辭補注》而視洪尤詳,與孔撝約《公羊通義》則不相同,故直謂之"補注",無他名也。本以粗記管見,後遂網羅群言,詳説反約,庶幾其弗畔於道。抑又聞戴東原有言"知十而皆非真知,不若知一之爲真知也";"洞徹其本末,剺剖其是非，覈諸群書而無硋，反之吾心而帖然，一字一句之安妥，亦天地位、萬物育之氣象”。此數言者，先得我心。今世頗有以詩文著述自異於衆者。其學其才不及魏默深，顰而奇怪過之，此愚之所深不取矣。《毛詩求是録》尚未得讀，因病希過浦，過浦又爲俗事俗人所阻，與訪翁久不相見。澉浦所存書已與藕生言之，當遵諭一一假讀，實所深快。居停羅姓，四品武銜，好善人也。學徒尚未赴試，功夫甚淺，須大加砥礪。桐孫館於青浦營，偶一至滬，苦不相值，亦久無書來。穀成困於境，其思力精鋭，自一時之儁，古文辭亦頗有法，往者極耽禪悦，近稍稍愈其癖，然結習深固，不可奪也（浮圖氏自有佳處，而其歸究與儒異）。銘齋未得相見，異日當訪其人，以資麗澤之益。曼翁喪其良子，天道冥昧，非可意知。渠邇者意略釋然。明歲館金蘭生處（岱翁郎），已定見矣。孟英之嗣子賡詒，覓館不得，門庭闃如，可爲憮然。廉卿同年來書，獎掖踰分，非所克當。就其所言，測其所詣，深以不獲面質爲恨。復書乞轉致之，其所復吾兄二紙，特以奉繳。令郎、令婿之文均好，賓日以沈着勝，翼甫以靈動勝，是當精熟乎其所已能，而策勵乎其所未至。既有閣下之教，而又得名師誨之，爲學之方，自必盡美盡善。具書復之，并附繳課文四首。翼甫以《周易傳義》爲問，何不令其將《周易折中》與《周易觀象》合而讀之，可以大有裨益。（《折中》皆出文貞手，《觀象》即《折中》之縮本）。利叔近在何處，頗念之。故鄉消息甚好，而文武兵民、華夷内外，若離若合之間，實深漆室之慮。戴盈之不能請輕，季康子日有所患，如何如何。蘇州馮敬亭翁桂芬，書院長也，其學精於勾股算數，著有《抗議》四十篇，皆論食貨、兵刑，凡時政所當改革者。末數篇反覆於中夏之能自强。其慮尤深，其言尤切,頃從友人處借觀其稿本,蓋有志用世之學者也。吾兄前書所稱楹聯一副,後書所稱上許辛丈書一通,均未收到。忠義局事,不敢不盡其心,然湮没無從訪者頗多。明歲諸局恐有更張,殊爲生計之慮。東下之説果否。思而不見,我勞如何。習篆之外,頗復有所述造否。風便,時時惠我教言,庶有以益我。顓勒,敬請道安。姻愚弟鍾文烝頓首

二

滬城一别,靡日不思,雖未有隻字通訊,而素心舊友,魂夢馳之。每渡浦訪諸曼翁,略悉尊況。初聞有喪明、被盜等事,則噈然以嗟。繼聞清恙已痊,舊廬安返,則又暢然以喜。只緣館課羈身,疾病時作,不獲爲一葦之杭。"得朋於西南",實深惆悵耳。四月二十一日,友人丁某從蕭笠翁處來,以書見示,備荷盛情,即欲肅函申意,適因館徒將應松府試,匆促偕行,致稽牋白。洎五月之望,曼翁面致惠函兩件,其詞切以至,其意勤以懇,不以鄙爲不可與語,而告以近日自得之趣。夫苟簡之田、不貸之圃、寬閑之野、寂寞之濱,古之君子所以養身而養德也。性理工夫,即在乎此,正不必求高求深,轉滋障礙。"居處恭,執事敬,與人忠",只是平平淺淺之説,出而朱子以爲聖人教人,能以數語使人自存其心,比孟子説"求放心"尤爲親切。閣下既拈出"正心誠意"四字,應必於此三言者有所領會,宜其爲學日益,爲道日損,而有見於千古學術分歧之際矣。弟之淺陋,萬不敢當通人之目,而奇疑賞析,固所深願。特以塾中諸徒,均作試前工夫,急切不能遠出,勢之所阻,無可如何。前所患瘧疾已愈,而肝氣頭風之證,月必一再作,且

轉益加劇，意氣精神，何時復似昔日。去冬嫁女盛川，支今歲館脩殆盡，而忠義局採訪一差，頃奉宮保諭將浙人裁去，弟每月又少十二金之入。謀生益拙，來日大難，百感交縈，一椽未穩，此真李巽白所言“得一日是一日”，只可聽之而已。承詢近況，用特所陳以聞。《穀梁補注》分二十二卷，前有序，有元序，有論經、論傳各十餘條。後有長律三十二韻，作爲後序。久欲寫一清稿，而卷帙重大，文字浩繁，衰病之身，竟無暇晷，是以蹉跎至今。雖就正之念，不敢或忘，請以異日，可乎。大著《蘇臺》四首，未獲快讀，必係遞書人浮湛。賓日、翼甫，均列前第，轉瞬采芹，斯爲快事。

張鼎　銘齋

（七通）

一

仁兄大人閣下

日前因事往邑，適值文郎來澂，未能面晤，殊深歉仄。所諭三書，《三魚堂筆記》未見；《楊園先生集》舊在第二號大書櫥内，似辛酉秋間已取去；中統《史記》，憶去夏攜至上海，藹孫兄有目寄上，務望一查。兹將原目一本及《海寧備倭始末》一本附上，舍下尚有江晉三《音學》等書，遲日奉繳。明年課讀之事，閣下有約於數年之前，嗣後疊荷勤拳，感深五内，是以爲舍近就遠之計。翼甫兄所訂束脩之數，未免過豐，果若此，是弟以利留，而閣下以貨取，何以對宿邑友人。況生平處館，未有過於五十金者，准此爲是式可矣。必若所云，不敢聞命。夏間在淮寓偶作《巫童子》詩，上半首略陳鄙悃，附呈一粲。耑此布復，祇請侍安。弟張鼎頓上。

二

仁兄大人閣下

辛酉秋接奉惠函，旋值時事紛紜，久稽裁答，罪甚罪甚。頃聞文從卜居漢上，超然高蹈，有遯若飛，曷勝欽仰。鼎伏處山谷，隱忍偷生，無顏再與士君子相接，惟率二子半日讀書，半日躬耕，聊佐老親粗糲之供。所恨十年讀書，於生死去就關頭，了無把握，實爲痛心。尊祠書籍疊經兩次來取，尚多佳者。現在各處廟宇拆毁，深恐波及祠内書籍，能盡取爲妙。位西先生未識有音耗否。先生著《禮經通論》兩卷，其上卷曾命鼎校勘，恐終淪没，特録副奉上。是書雄博絶倫，真如大禹平成水土一番，必傳無疑。但恨延津雙劍，不知會合何時耳。伯平先生見在淮上，未識曾通音問否。鼎近著《漆室私議》兩篇，迂繆可笑。辱承知愛，不敢自秘，附承求正。子信於辛酉冬代兄受虜至奉賢，設法護出兩姪以後，杳無信息，量其平日自處，殆捐身矣。知好中此君頗觥觥有古意，如此結局，可哀亦可敬也。位翁弟子有陳君仙海，亦海鹽人，辛酉秋爲其祖父營葬，奉祖母及母高蹈海門。仙海本赤貧之士，此等舉動，可謂超超元箸，不負師門，此亦足見位翁甄陶之妙。敢附及之，荒落年餘，握筆不復成文理，祈恕是幸。順請道安。愚小弟張鼎頓首。

三

十月初在滬，由沈蕅孫兄處附呈函，諒登籤室。鼎蒙仁人再三提攜，於十月二十六日奉老母率妻子出門，至十一月初六日抵滬。途中艱危景況，少陵所謂“間道暫時人”者盡之。加承大庇，平順出險，全家白首黄童，具蒙再造之恩，自忖福薄，何以堪此。現寓三林塘，與吟盧姊丈相依，可紓廑念。惟是縲然八口，日用飲食，事事仰給於人，感念詩人《伐檀》之義，不勝疚心。書翁有明年招往課子之意，誼不敢辭。而高伯平翁三次來書,欲鼎商訂志事數條,現擬往淮上一遊,明春總可旋滬。朱順福前從書翁處匯付英洋十四元,聞尊塋松楸已多毀傷,書籍亦難以收拾,此鼎極疚心之事,下筆泚顔,如何如何。邵位西先生《禮經通論》稿本是否收到,務望示及爲要。專泐叩謝,伏維慈侍萬福,不具。

四

接手教,敬稔侍祺,萬福爲頌。《易》道原於天而切於人,原於天故幽深,切於人故平實。鼎幼習此經,爲閩學所囿,讀朏明《條辨》,始復廓然。繼又汎濫定宇、皋文、里堂諸家,知無所得,反求之程《傳》,略識門逕。論又蕪廢,浮慕半生,一無所得,愧愯何言。宋元以後,《易》說汗牛。大約入之深者,多躬行心得之言;入之淺者,皆比附推排之語。如閩學者,乃比附推排之尤者,世人咸共耳食,尊并程朱,重其人乎,重其書乎,莫可得而詳也。朱子一生講學,晚乃斷以六字,曰"《易》爲卜筮之書"。語本漢人,似粗實精,嘗罕譬之,奥物前用,莫若神武之占卜。其號爲經者,今之《易》也。首列申癸等,猶奇偶材也。分上中下,則吉、凶、悔、吝也。七言韻語,則彖爻辭也。有人焉驚其神奇,句解而字索之,從而推排比附之,以爲當於作者立言之旨,可乎。人知求《易》於書,而不知求《易》於心,求易於心,日用飲食,皆《易》也。求《易》於書,則雖讀遍《通志堂》,所得皆推排比附之術,以之作講義、飾場屋可也,何裨身心哉。舊嘗學《火珠林》,其原出京氏,推究納甲、飛伏日月、生旺休囚之理,與本經若不相謀,而往往奇中。此言數之可憑者。明儒某公,讀《易》多年無得,一旦讀《損》大象傳,豁然貫通全經。此言理之可憑者。總之皆心《易》也。京氏之數,某儒之理,猶之神武之卜,皆人心自然靈明,非由外鑠。風與水相遭於大澤而文生焉,不知者以爲適然,知者以爲必然。執語言文字求之,豈有當哉。近儒唐彪有《身易》一卷,其名甚正,其理則流於龍谿。惟生齋《日識》所旨最深,惜乎名位未顯,不免學究氣,未爲世重。先生以卓犖之才,理董絶學,宜先求之身心,有所得隨筆藉記,以自鏡得失,積累久之,必成巨觀。若先有著書之心而后著書,則非所以著書,著亦不傳,傳亦不久。鄉間無可語,承明問下及,不覺刺刺,惟高明教之。

五

久疏音問,勞結奚似。接誦手函,藉諗枕葄安吉爲慰。大著近情切理,多闡先儒所未發,鄙人更以書簡爲第一悱惻,周摯言簡,事盡無一妄語,性情筆墨,直追古人而上之,即此便是真道學、真文章。卷中屢存朽拙,讀之恨之不能已,痛定思痛,愁感何如。抑竊有慮者,閣下交遊不少,止取數人附驥,恐未厭人之望。世風澆薄,刻意吹求,何患無辭。閣下非能入山深而入林密者,讀昌黎釋言之文,能無跬步荊棘之慮耶。外間頗有所聞,既承下詢,不敢不貢其狂瞽,伏維裁酌。鼎濫竽東城之席,明年大勢蟬聯,擬借西澗草堂坐定,以便專心校勘,附課生徒數人,未識可否。拜彤聞在蘇省需次光景何似。賓日、溉根,學當益進。小令郎曾否試筆,均念。

六

翼兄來,具述勤拳之意。鼎以兹材,猥蒙垂愛,熱腸高義,没齒不忘,課讀之訂,誼無可辭。《宿遷志》事,已成四分之一。鼎以離家太遠,故鄉底定,本擬就近另覓糊口,伯翁亦以爲然,志事可請伯翁獨往。至修金二百,乃關書所訂。鼎計工受食,止收四分之一。生平處館,亦無有過於此者。左右垂念及此,似未達鄙人硜硜之意,務望稱物平施,不必屑屑計較。惟鄙人有兩兒,皆讀經書,擬率其一隨讀,未識可否。老母近患三瘧,初時不寒不栗,尚可支持,昨變寒顫,殊可滄憂。如天之福,老母病痊,循陔讀書,志願已畢,四方之志自分無用世之具,不敢妄冀。伯翁力勸作春明遊,謹謝之耳。補。

七

郁姓來,重致尊貺,皇悚無已。脩金總以百千爲極致,過此不敢聞命。非敢不情,實由《宿志》未蕆,擇利改趨,非人所爲。先生愛我,幸以人道相待。昌黎傳王承福,讀之聳然。傭書二十餘年,未敢高索價值,百朋之錫,已逾囊格。與人而使人喪其素守,非仁者之用心也。老母病危,方寸瞀亂。伯翁書來,欲鼎到淮後,自定歸計,已謹謝之。友人富君有文一篇,乞付賓日。

周壽昌　荇農

（十通）

一

昨晚細讀大作，知於此事工力甚深。謦石翁評點極細，亦極妥，結尾稍嫌寂寞。兄頗有獻芻蕘之處，容面商之，不敢妄加筆也。《葬書五種》極關切用，爲事親必要看之書，但敝鄉雖講求風水，營葬卻速，無久淹者。其喪禮亦用《家禮》《書儀》兩書，參酌行之，從無惑於浮屠之事。故此書於貴省尤大有關係也。拙作詩兩本（係早年作，承諸友删存，近四年作未録入）日札大小共九本，又《死事諸臣小傳》一本（只抄數首）一并承覽，希削正，勿存客氣。尚有散文、駢文各兩本爲友人攜去，俟寄來時再塵教也。何貞翁書，行篋中徧覓無存者，兹有墨刻墓誌一首呈上，乞檢收。又滌相書《擬峴台碑記》係在撫州時所刻，彭雪翁《石鍾山記墨刻》一份，并奉上覽之，亦可知江西血戰之功也。舍弟筱樓有信致，雖翁屬致意，足下甚拳拳也。大作一紙并昨書五册奉繳。

二

頃奉手書，過承獎勵，愧不敢當。蒙以心性之交，聯道義之雅務，希略去形跡,勿過撝謙。鄙人受性愚直,頗以不善周旋,動與世迕然,自束髮受書即視友朋若性命,至經行交脩若吾子者,尤私心所拳拳,吾子不棄而辱收之,爲幸多矣。從此吾子益勉其前脩,鄙人愈堅其晚節,交相砥礪,以克底於成,雖遠隔天涯,而消息時通,即不啻論心一室也。矧此履綦相接樂若晨夕,非窮途中友朋之至樂乎。吾子南行自是上策,弟雖未還家,尚有敝鄉三數君子,可以函託。若壬秋未有遠行,則此去尤不寂寂。但此間消息,月内總有定局,台端之行,候於出月半前,似不爲晚。至另示所傳消息,想必不錯,要此局必有一番大舉,始能勘定耳。《梅道人草卷》如不嫌塵點,即日當附題一詩奉繳。

三

新歲承賜秘笈數種,早應過江詣謝,正初日俗事牽纏未果。旋因家信南來,賤荆病故,悼亡客路,倍覺神傷。禮服期喪,遂於月内杜門未出,前承慨借張氏《春秋傳》,已覓鈔胥,亦因此事中輟。昨復覓人續鈔,促令完工,鈔竣弟當親攜過江奉繳,再面領大教也。

四

仁兄大人閣下

復奉良書,深荷開益。并承以仲圭草卷輟愛見貽,不敢自它,謹即拜領。紉佩瓊瑶,他日舒卷清風,雖南燕如鴻,如時與故人覿面也。壽昌少年負才質,弛騁騖於詞章之學,雖亦汎濫於經史,而毫無心得。三十以後,稍有尋繹,而一知半解,不足列於大雅之林。近數年來,收斂身心,無以刻苦自勵,又精力積憊,人事膠擾,迄於無成。古人年五十而知年四十九之非，今已幾之，每一回思，不覺通身汗下。辱承過愛，尚乞時賜箴，勉警覺迷途，庶幾桑榆之收，坐沐邛頒之助矣。近將舊搨《聖教序》謹奉上，爲哲嗣臨池之助，匪敢以爲瓊報也。《琳琅後目》到京后必當覓購寄呈，不負諈諉。肅復，敬請侍安，諸維朗照。愚弟周壽昌頓首。

再啓者。我輩心性相交，道義相勉，世俗形跡，本可不存。閣下直諒多聞，鄙人實所心折，如蒙雅契，即可以雁行畜之。雖換帖是俗事，然我輩訂盟，便聯性命，非官場惡習可比。台端以此說可行，當遲日將譜帖送上。靜候酌示遵行。摹璧晚謙，萬不敢當也。壽昌再拜。

五

仁弟大人閣下

奉示并《葬書》五册，領荷領荷。書中感念珂鄉文獻，期集成書，甚盛舉也。兵燹以來，遺文零落，若非收拾而整齊之，日遠日亡，終歸銷滅，遂使前人一生心血，徒付之荒煙蔓草之餘，思唱秋墳，淒慘心目，此後死者之責也。但此時鳩集不易，客路尤難，只好遇便鈔存，俟兵亂稍定時，急爲料理。兄亦嘗存此志，而儒臣清苦，一二袖長者又非同志，只好姑俟異日，如何如何。令婿與令郎同來枉謁，翩翩韶茂，沈實高華，俱可愛敬。承令婿見貽小雅先生鈔本《銷夏記》，又經諸老輩點勘者，重荷瓊瑶。深圖李報帖一匣奉上，乞檢收。中有一二种尚佳，餘亦平平耳。天乍放晴，敝鄉友牽連見過，遂使應酬無暇，竟不得詣尊齋一談，歉感無似。先此復謝，即維侍福萬安。惟談書味道，不盡拳拳。愚兄周荇農頓首

六

奉示歉抑過甚,非意所期。壽昌之所以拳拳於閣下者,非但攀嵇友以通聲氣,亦爲名高也。誠見閣下學養深純,明體達用,故願天永存於風雨,訂久要於金石,相與成不朽之業,讀有用之書。揚子曰,翕其羽,朋友助也。由衷以達,自謂不渝,萬勿過謙轉乖情。實壽昌平生愛友,而頗慎交遊,歷數年,僅於江西得楊素園大令兄一人,其人讀書希古,出爲循吏,卓卓有聲。壽昌以兄事之,至今不忘寤寐。近遇閣下,尤藏寫於心而弗諼者,願閣下亦信之而勿疑。此後函示,若再以先生、後學相往還,則是鄙我爲世俗之人,不肯相勉於道義,即壽昌今日以犬馬齒僭,稱於左右者,亦徒貽笑柄矣,豈閣下前函内相愛之初意乎。蘭譜容日奉呈,幸勿以他辭見卻,受賜多矣。《聖教序》帖,係壽昌用書畫兩分,易諸敝同鄉者,轉賜世兄,幸辱存之,不必以鉤摹廢其清業。若但係借觀之物,壽昌又何敢取以持贈乎。

七

頃奉手示及珍藏名跡四種,藉飽眼福,何幸如之。令郎文筆清雋,極是難得。課文妄加注削,意欲爲足岳添流之助,俟日稍清,當奉約前來重與細論也。令婿文未及細注,匆匆圈點,尚非我心,然亦是美才,必成大器也。《春秋》張傳已抄成,尚未及細校。原書奉上,被鈔胥拆訂,致累佳本,愧恨愧恨。杜集略閱并繳,乞察收。董畫共三軸,奉繳。梅花帳幅,尚在錐翁處,容取回時奉上。張廉翁承枉過,尚未及報謁,晤時希爲我致意。

八

頃奉示頌。百詩先生《札記》，此書兄去年在此所購，頃間徧覓不見，殆已撿入箱内寄京矣。兄連日病魔侵擾，頗極煩苦。鏵庵已過江來否，尊事就緒否，甚念甚念。《札記》内引地理處極多，惟《統志》之成，潛邱已不及見，此証最確。其前似不聞有徵君閻姓者，講地理之學，此須是覓之楳翁也。江浙軍威大振，足挽東南全局，或亦元運好消息，聞之甚慰。吾弟此間過夏，鄙人長侍趨教，樂若晨夕，幸有同心也。

九

信臣先生是兄座師，滇生先生之令弟，於兄爲世丈行。乙巳年在京，數相過從。此老人品覃粹，心地誠樸，當日極留心時事、延攬人才，無世家氣，無達官氣，亦無才人、學人氣。兄聞其來此，即擬往見。因感受暑氣，賤體小熱，故尚未往。俟頭目稍清，當叩詣謁。承屬坡公墨寶，并奉之前往也。吾弟不妨以鄉後學之禮見之，亦必相水乳，且可略詢東南一切情事也。尊事白衣蒼狗，變幻頃刻，窺若輩本意，直是有心做狡獪，恐非但口舌所能了事，此不得不謀一善制之法先發以制之。舍弟比日亦爲煩暑所病，尚在服藥，近雖小愈，尚未出門，不然亦早與左右走商矣。

十

老弟大人閣下

手示敬悉，足徵精審。兄見亦頗有同處，已看出一本，轉呈乞撿收。江西湖口之陷在意中,若然則江右勢岌岌矣,何能稍松,此説或當不然也。今日俗客冗至,竟不暇看書,故《葬書》尚未得看,即大作亦未得細讀也。俟讀畢後再奉繳,何如。五柳君已約於明早涼時到小寓面商一切,想當易妥貼也。

愚兄壽昌頓首

(補抄)

楊象濟　利叔

（九通）

一

承惠寄書帖，一一拜領。田老處件當日遣人送去，田老附片致謝，今特寄奉。尊刻《詩傳》，弟略閲一過，似尚有訛字（如《小序》注中引朱子語“傳相授受”，“傳”似“轉”之訛）。卷首圖中雲雷文畫作雷神形，不知雷文形如水浪。蓋古文“靁”、“畾”、“回”皆通，亦可作“尊罍”之“罍”，無“缶”字也。“雷”與“回”同，乃是畫爲回旋之狀，其别於雲者，雲文連畫，而雷文斷畫。此則原本之訛，不便駁改者也。王君士雄《醫學叢書》刻成（見其《洄溪醫案》案語中），此事極有益。此君刻書時，曾託人來訪，求敝里計壽昌《廣醫説》，弟當即寄去，想必刻入。如可購買，乞代致一帙，田老所雅欲者。

二

弟擬十六日赴杭，仍寓慶雲房。晤面非遥，曷勝欣慰。前存尊處畫幅，内有翁蘿軒《明瑟園圖》一幅，戴侍郎欲觀，望先寄下。《茗齋詩》十一册，田老託售。田老有親筆條，附覽。集中多硤川之作，其有涉聞川者，弟已鈔入《聞湖志》中。若合用，則寄資交下爲佩。

三

田老囑奉新刊《生齋文集》并《詩集》,希察入。所囑南兄撰文,渠已應許,日上有便,可將節略寄下。其筆資十金,可否同時寄來。位翁有信來否。弟有先高祖墓誌拓本,欲乞一跋,惟此老作文極嚴,不知可否,乞代爲婉商。志文附上,若不能,則寄還可也。尊刻《詩傳》,田老需之甚急,望早寄一帙。又前晤菉鄉老師時,知兄近刻顔字帖亦已告成,亦希早惠一本爲佩。位翁所撰魏默深墓志,乞借一讀。

四

頃晤雪亭,知兄寄伊《詩經》已經收到,囑弟代言致謝。渠欲向尊處借《楊園全集》一看,伊欲酌刻備忘故也。徐俟齋先生《讀史稗論》三册,伊已刻成。尚有《二十一史紀事類編》二百卷,雪亭近日搜得,以力不能刻,欲約同志分任擺版,容面述不贅。《同善堂記》渠囑轉呈。

五

弟自雲間回,姚先生墓志一本奉贈。《續松陵詩》已刻成,雪亭於自序及凡例中,盛稱吾兄之功,并云足下助資四十千文,數月内當有印本呈覽。姚先生詩三集八卷,近亦刻好,刷出時同奉。《晚雪齋文》弟處已送完,乞即寄我一部,至要至要。

六

今寄奉《陳太守行狀》一本,《張襄愍祠記》一本,希察入。《南一遺文》已上板，年底可竣事。渠弟叔平獨任，并不張羅刻資也。鍾子翁在高齋，弟擬乘便來一敘。渠有《詠建文錢詩》五十韻，望便中抄出寄下，欲再讀一過，并有知好索觀，至要至懇。

七

周君詩一卷奉上，未刻全，此最先樣本。濟近撰殉事諸公事略，前在尊齋，見張大令《泰州守禦記》，乞暫借一閱，摘出後即當寄還。又貴族《隆安大令諱延祐行狀》一本，亦懇即日飛寄爲佩。

八

衎翁集中《長虹橋碑記》及《家從祖事故》，借録其文，明日即繳上。《肇域志》則將抄拙記數語，可否請翼甫兄一録。外附一單，乞借下。集中文字與吾家有涉，故擬摘録之。弟爲家表叔修族譜，代撰敘文送覽。現在鳩工刊版，頗不寂寞。前言孝曾兄處卷册，已收到矣。

九

前存弟處《忠告》一種，現擬翻刊成後再以原本奉還。《詩傳》如已告竣，乞飛致一帙。莊芝翁已歸道山，曷勝人文凋謝之歎。專此奉佈。

王士雄　孟英

（十三通）

一

塵事栗六，修候久疏。春服既成，惟侍福康娛，起居和嘭，定符私祝。月前有吴江袁恬生兄欲奉訪以聆麈教，未知得遂瞻韓之願否。禾中金復村兄欲於《洄溪醫案》補入跋語，不知可否刊入，均望示知。此書得閣下梓行，而未見者尚多，紛紛問弟轉求。如蒙再惠數部，不勝盼幸之至。繳上《江芍藥齋醫鈔》八本，乞檢入。

二

昨接手書，并許札《正宗》稿十一卷，讀悉一切。辛翁誤聽閣下之言，辱委校覽，弟孤陋寡聞，恐貽笑大方之誚耳。蒙詢《洄案》跋語，緣金君與弟素無往還，渠見尊刻之後，欲附一跋，而未知可否。札問吕君慎菴，吕復下問於弟，前承面允，弟已信知慎翁，而尚無回音。有無發明，弟實未能預測也。鄙意近將刷印，且先開手，如彼寄來，弟即呈政，如何。付刊則補印亦甚易也。是否有當，大雅裁之。

三

弟於月朔赴省,昨晚言旋。邵位翁囑帶來楹聯一副,又《書經通義》首卷一本,託轉請鍾子翁鑒削。附去委纂《達生編》稿一卷,弟學識荒陋,求繩正,以免貽笑方家爲幸。且在舍日少,此稿皆在舟次草録,字不成字,需繕清本,再付手民寫樣。刊竣後省中即有人翻刻,以廣閣下濟世之心也。承次瑶諸君久有鳩刻,弟之未梓各稿,乞於秋間寄存尊處拙稿内,先將《古今醫案按選》一種,即日妥交便舟擲下,稍加删潤,以便新正災諸梨棗也。博愛諒勿哂其愚妄,臨楮曷勝悚忽。

四

昨接手書,知《重訂正宗》業已刷印,不日即可拜讀,快甚慰甚。惟聞辛翁欲求警翁作序而未果,蓋通於醫者不必長於文,長於文者未必通於醫,警翁不允,足見虚懷。弟前在省時,業將此事代懇次瑶,不憶曾與閣下談過否。兹已刊竣,如有弁言,毋庸再議,否則可先寄樣本與次兄,託其作序也。是否有當,裁酌爲幸。汪評拙集既未過出,儘可從緩。

五

初十日泐附數行,定邀睞入,連日適有禦兒烏戍之遊,遂將委校《重訂正宗》稿十一本攜之舟中。拜讀一過,心折辛翁删訂之善,較原本不可同日語矣。所增“消核膏”制方既妙,其論煎膏之法,乃發前人所未發者,尤深欽佩。然珠玉在前,益慙形穢,弟將何以仰副盛意耶。

姑以管窺所及,竊附一二浮籤,以盾雅裁,知不免爲宗匠所笑也,還望閣下爲我解嘲是幸。因此書爲救世之具,不敢稍稽,謹以奉繳,希察收示復。尚有芻蕘之獻者,統部須加圈點,以便初學句讀,刊成後并祈發坊,俾爲普渡慈航。又聞桐鄉曹令親處有治瘍膏藥,極著功效,素封之家,何以秘不傳人。施葯石不如施方之功大,閣下利濟爲懷,必能委婉言之,請其出方付梓於此,則陰功不可量矣。想仁心爲盾者,不嫌豐干之饒舌也。《寶典》中有吳令友善治喉風,其葯名"地開鎖",亦可將産葯之地及葯之形色、氣味、用法詳附書中,庶世人共知而易覓,豈不美哉。

六

昨聆麈教,藉豁塵襟。承諭許辛翁囑鈔陳君淵《疽案》,兹特録上。至《外科正宗》一書,得辛翁删潤,誠爲盛舉。鄙意通部宜加句讀,俾初學易於習誦,徐氏所批圈乂等,亦宜依原批本隨處加於偏旁,毋庸另注,更爲醒目。但題其篇曰《徐批外科正宗》,則義旨自顯,不必另立書名,未知大雅以爲何如。即請與辛翁商之。前委轉假《景岳發揮》及《徐批瘍醫選萃》二書,兹懇吕慎庵翁由濮寄呈台覽,望即先爲示復慎翁爲要。其書如蒙一體翻刻,廣行於世,則有裨生民之功不淺也,跂予望之。素仰利濟爲懷,用敢希臆。

七

《洄溪醫案》得閣下梓以行世,真造福無涯也。又承辛翁、葆兄校閲,更屬可感。此因浼友繕録之時,雄適他遊,未曾過目耳。頃於燈下將原稿對過。《暑門》優人母案，已補其脱簡。《血痢》葛案，係脱"血數石"。其餘悉依許、吳二君校正可也。惟"紫雪"二字原是方名，古書并無"丹"字，俗呼"紫雪丹"乃後人所加之字。《惡疸門》此條，"丹"字可勿加也。是否，候酌之。雄處尚有拙選俞東扶先生《古今醫案按》二本，世無刻本，如閣下濟世心殷，壽之梨棗，亦醫林一盛舉也。候示下。即於省中撿寄。辛翁所要拙輯，印出即寄上。玆將《洄溪醫案》先行郵繳，以便付梓，乞察收。

八

接讀手示，藉悉侍祺安燕，近履吉祥爲慰。惟令嗣慈花甲之辰，莫遂稱觴之願，具見純孝永思，尤深欽仰。弟旋里稍遲，未及焚香一叩，抱歉良深。邵位翁晤過兩次。樺葉近聞已收到，渠太夫人八十壽，弟禮已託人至，期代送矣。渠大郎出月二十四日畢姻，故日來公私栗六之甚也。警翁惠集已領到，容拜讀，通札時祈代弟先爲致謝請安。許辛翁謬許過當，抱愧滋甚。前託管芷叔轉交拙《案》三編卷四一本，諒邀鑒入，得皈望爲繩政。弟尚有《濕熱經緯》《古今醫案按選》二種，藏稿已久，須胡次瑶六兄代爲鳩資議刊，尚無成見。此二稿皆楊素園大尹評定，渠早欲付梓，余爲時事所阻也。

九

連日接新正十三、七及客臈二十三日四札，併大作拙譜序一篇，備悉一是。趙連已唤來問過，據云在局内，主僕頗能相合，出息亦好，惟舊主難抛，擬出月仍欲赴皖，實亦一路荆棘，不能進城，道路傳聞，原非實信。即勇敢勝渠十倍者,躬自探親,亦不過如此而已,似未可深罪也。閣下以爲然否。弟已囑其先行稟知邵世兄,免其懸念。親友陷在城中未出者,不知其幾,言之慨然。今越城于正月二十六日克復,諒杭城必更不可問矣,奈何。如小岱亦陷而未出,苕人時欲往尋,而不能前進,他可知矣。《葬書》版無恙,甚慰,而陳氏一種,弟推以爲古今第一者,以其闢卷,堪輿之惑世誣民,若能依而行之,不但永無暴露,且可挽回風俗人心。若謂族葬不能拜,則故人徐亞枝家至今尚守族葬法也,不知大雅何反以弟言爲不然,蒙實不解,近人情原與鄉願不同,又何疑焉。弟毫無學問,何敢著述,第無能無好,疏懶寡交,不得不藉此以消磨歲月。曩輯《歸研録》,不過敘其歸籍硯遊之跡,乃亞枝諸君强災梨棗,承糾正數條,佩服之至。辱序《飲食譜》,未免推許過當,彌覺汗顔。鎮海陳君春泉亦將此書鋟於上洋,繼此又欲刊《重訂霍亂論》四卷,書成寄政羲民,乃翁向在武林行醫,嘗與往還,惟書雖多,臨症少,故但可坐談耳。乃郎素未與浹洽,聞其人甚醇正,見其方殊有立異矜奇之弊。弟在此惟汪、陸兩公稱莫逆,此外絶口不談醫。拙稿俱承謝翁評定,丹黄滿卷,惜未能一一郵呈左右也。近又重校《證治鍼經》,此書爲貴鎮郭雲臺先生所輯,板已早燬,世罕傳本,謝翁亦未見過,以爲真有用之書,無如卷帙稍緐,在此地謄一清本,需錢十千文也。梁叔之名,傾心已久,遺集刻以傳世,真盛舉也。書成,望即惠寄爲幸。位翁著作得蘇君寶藏,聞之快慰。靜兄天姿穎異,腸熱多情,弟何敢望其肩背,又得閣下贈書勸學,正未可限其將來也。陽寅兄念舊情殷,時時爲弟言之,若使其俯蓄有藉,似亦無可無不可也。謝城幸得海珊照拂,近欲往崇明行醫。弟竊以爲非計,幸彼地仍係蔣氏爲居停，故不必强尼其行也。近聞子勤甚苦，爲家累不能出，真無法也。至安貧節儉，諒閣下非不知不能也。特已欲安貧，人猶不知其貧，使我不能安耳；已欲節儉，人猶不知其儉，使我不能節耳。名之累人如此，故神仙目以爲障也。既蒙下詢，弟敢貢其芻蕘。上年曾以寧貶道而從逐末，勿憂世而輕出山爲勸，已覺不近人情。今代籌安節之策，第一宜勿與當道往還乎。因辱愛之深，故不覺闕切之不容已而，再陳之，幸勿哂其狂瞽，不勝悚惕之至。

十

尊兄大人執事

前承示以未能節儉安貧爲慮，弟自知有汲長孺之戇，而忘其如甯武子之愚，幸佈管窺，固不足以瀆清聽。昨接十三、五日兩札，果爲左右所鄙，不勝悚恧。然聞之許魯齋云，儒者當以治生爲先，緣士生三代後，井田已變爲阡陌，雖顔子復生，未必能安陋巷而樂簞瓢也。遭此滄桑，凡家有井田者，亦皆變爲阡陌矣。所謂"治世之田爲富基，亂世之田是累首，入山躬耕"之説，人人託以鳴高，而孰能行之。天下之事，只因循名而不責實，遂至貽禍及此，語雖悦耳，究屬空談，亦何所取哉。臨池讀《易》，固是雅人深致，第不能枵腹爲之。平湖顧訪溪，初謂入山必深，極詆上海爲不可居，而遷於定海之青嶴。深則深矣，生計毫無。去冬浮海來申，幸居停尚義，賓至如歸，欲圖語言文字館一席，雖已奏出，尚未批回。故弟嘗云，風雅止好七分，若至造極登峰，必無退步也。謝城精算學而不屑問米菽之細事，竟至於是，亦幸有蔣氏之多情，然亦太落寞矣。善乎袁存齋詩云"平時不瑣瑣，安得常愉愉”,真閱歷見到之言也。通塞原有數,經營亦不易,而仰事俯蓄,必盡人謀。東漢鄧禹,中興之輔弼也,尚使諸子各成一藝,史册賢之。夫逐末者豈必躬與市人爭利耶,揖人而任之,縱不藉此爲家用。存齋又云,錢貨之在人間,猶血氣之在人身,若氣不行而血不流,則有餘者爲癰疽,不足者爲勞瘵。魏昭伯則云,一人小積則受其貧者百家,一人大積則受其貧者萬家。故安坐而食,流弊無窮。行運流通,名曰生意,顧名思義,正不必以虚盈難必而使生意寂然也。人生飲啄有定,原不必勞其心力,而效貪夫之務得。弟嘗謂惟有學問、有經濟者始能用錢,治世且然,況今日乎。應用之處甚多,苟有盈餘,何容塞滿屋子乎。盛澤之王、南潯之蔣,頗知此義,彼亦何嘗讀商賈得知而焚棄筆研哉。弟窶人子也,不知牟利。自庚申迄今更無謀食之所。吾豈匏瓜,因來上海,妻孥五人,兩粥一飯,雖能苦度,不慣作勞,僕媪長班亦四五人。而弟侄輩尚棲路仲,才具甚庸,經營乏本,若令來滬,則日用浩繁,止得仍令居鄉,隨時接濟,苟延以待承平。境雖如此,又不能泛應,曲當媚世懸壺,幸而素守硜硜,人皆信我,得以稍貸母錢,附權十一,貼補薪水,薄潤親朋。不過駝負千鈞,蟻銜一粒,盡我力之能到而已。更喜族侄紿武,素有同心,能導其居停爲善。辛酉二月貴鎮被戕及自殉者皆德泰收斂掩埋。去年紿武在屠甸市,凡竄難至居,欲來申而不能者,悉渡之,川費能否歸償,聽其自便。故弟初至此間,亦主於德泰,設非行運,焉能爲此豪舉,且累年軍餉全藉商捐,不但有益於人,亦且有裨與國,人之好善,諒同此心。況閣下有道多情,素所欽佩,故敢以芻蕘貢,非有先入之言,卻是已行之效,若無可託之人,則斷不可强也。立賢無方,當道中豈無可交之人,況折節下士之賢大夫乎。謀館者尤必藉于登高之呼，不可一律而言，否則慮其但聞昔日之聲光，而未悉今時之景況，且宦海沉浮，往往轍隨位易。知秋壑、鈐山，使其終爲文學侍從之臣，未嘗不風雅宜人，識王半山于未遇之時，老蘇外有幾人哉。弟不揣于亂，前諫勿入場，去年又預勸勿出山。弟未嘗學問，惟聞君子愛人以德，故爾數希區區以報知己，幸而哂其剌剌也。至弟一介細民，何敢矯激鳴高，衹因疏懶性成，不耐束縛，曩亦自撰一聯云“矯情傲物非所尚，徇俗詭随不敢爲”。又愛隨園一聯云“水惟就下能成海，山不矜高自極天”。袁又云“爲人如坐轎，要人擡不必自己擡”。質之左右，以爲何如。陳氏《葬書》諸説，謂皆前人所有。弟孤陋寡聞，何敢掉罄。然述而不作，古聖且然，鑄古鎔今，原不必入山開礦也。族葬本古法，而陳氏詳言其利；堪輿最惑世，而陳氏詳言其害。攘斥異端，力挽弊俗，其功似不在昌黎下，故弟推爲古今第一書也。兹將舍下所存五種全部寄上，附古人趙菊齋聚珍版《葬説集存》一種，弟意趙書已無存，若與陳書合刻流行，挽回緩葬惡習，誠勝德事也，祈爲留意。拙稿《飲食譜》何堪問世，如承垂諉，得厲方伯災梨，而此地鎮海陳君春泉，亦有嗜痂之癖，慨付剞劂，云不妨兩地并行，聞者莫不歆羡，多有題贈，弟益汗顔。然解囊者非刻詩集，故弟初意概不敢登。乃春泉大以爲不然，謂朋友五倫之一，流離患難，愈見交情，與乞諸名貴藉騰身價者有殊，況諸友中有已歸道山者，有潦倒不遇者，未必他日皆能自存遺稿也。其言甚爲沉痛，當不計工拙，附刊以存其人。謝城諸君，聞者大爲折服，并囑寄楚，以請於方伯。今此地寫様已竟，謹將各題詞拆下附上，可否請於方伯，惟閣下裁之。又譜内稍有改易之處，亦開呈奉覽，希飭手民改正。如方伯允爲附刻,則弟與閣下交情更非他人可比,弟雖不求題贈於他人,然必求惠題,以誌交誼,以尊序係方伯出名,不得不爲此再三之瀆也。此復,即請侍安。愚弟士雄頓首。

十一

前月二十日,託靜兄轉遞一函。定蒙睞入。《度里表》遵以一部送謝翁,矚謝并候。餘俟精此者,再爲代贈。承諭《歸研録》體例不一,此本歸鄉雜録,不足問世,友人好事,輕舉災梨,原不堪以博大雅一粲。而故人情重,擕之出劫,敢不修印,聊慰諸知己在天之靈哉。果有不妥之處,萬望指示,以便删去,而免貽譏於世,是所深幸。昨接仲冬二十日惠書,藉念侍奉康娱,鼎裀綏吉,爲慰爲頌,所示近況,講《易》課兒,怡然自樂,無入而不自得,尤深欽佩。曩弟自撰楹帖云"近人情之謂真學問,知書味即是活神仙",今可移贈左右。如蒙許可,希即請善書者書懸座側,以當弟之時親謦欬,何如。因歎今之君子,棄膏腴而飽虎狼之欲,忍使億萬生靈填溝壑而不顧,於今三年矣,毋乃太不近情乎。王半山學問甚好,惟不近人情,遂釀靖康之禍,故論人才必以近情爲首務。多情好學如閣下者,必不以弟言爲謬,故略陳鄙意。質正通方,委寄《葬書》舍下尚藏一部,俟取來即行寄繳。弟意五種内,惟乾初先生一種必須重刻。如尊處有《洄溪醫案》,望惠贈一二部是荷。

十二

十八日接初三日惠書。《歸研録》已辱承評定,感何可言。如蒙録示，當與謝城之批，奉爲合璧也。至陳氏《葬書》，實爲古今第一，何以不爲閣下所許乎。轉女爲男，未必有其事，而方書有其葯，若徵實求是而闕之，不但人微言輕，未必取信於後世，宜初孕之爲男爲女，烏從而徵其實。設疑爲女而服藥生男，則謬葯反以居功，而闕之者尤覺其妄，故不若不闕，而以近於厭勝之事，杜其妄試謬葯之弊，庶乎有益無損，此作者之苦心也。弟未有子，此法從未一試，而采入雜録者，未必世人皆能一切不惑如弟也。簡齋後身，係友人繆許，弟何敢當。記夢皆實事，更有奇于此者，恐與聖人"不語"之訓相悖，故不瑣記。尚爲大雅所疑，削之可也。後跋一則，爲知已零落而發，蓋三年以來，身外之物無所顧惜，惟朋友一端時須棖觸。與此書無涉者亦未敢闌入，亦不能盡闌入也。如有不妥字面，統希削政，以弟素不文，近益心神衰耗，詞不達意，語不雅馴，得知己匡之，俾免貽譏於世，紉佩無既。年前以自撰楹帖呈政。近晤令母舅徐橘翁，云閣下近以白詩"胸中""身外"一聯作楹帖，而弟去年抵申，亦託友人書此聯懸寓舍，千里同心，宜蒙繆引爲知已也。初八日，位翁家人趙連來云，秋間自皖由申赴浙訪其主人蹤跡，殊無實耗。惟在□□弄地方，遇一熟識成衣。從杭垣逸出，曾見位翁尚在城龍巷項宅館中，辦掩埋事務。往返數月，資斧蕩然。而海翁已逝，利叔不來，郭雲仙觀察給過十洋，後亦不能再見。欲附輪船回皖，云亦無便勢，將流落。弟不能多畜僕從，姑託朱萊雲廣文薦於船捐局内矣。

十三

接手書，知《飲食譜》清稿已蒙轉寄荆州，屢瀆清神，不勝歉仄。

弟前以臆度之見，仰測高深，殊覺冒昧，博邀繆愛，或不我尤。今來札以賢郎不能有爲，因而抑鬱，極承披示肝膈。弟竊以爲不然，不但賢郎年未及冠，不能豫料其將來，即人生福澤之淺深，不關乎才具之小大，巧爲拙奴，舉目皆是。爲父母者，不過較之義方而已，餘非所及也。觀聖人之教子，不過學詩、學禮耳。至《孟子》七篇，更無教子之言，反以責善爲戒，豈舍其田，而芸人之田耶。以自有家法，子弟不至放溢爲非，即可置而勿論也。況閣下春秋鼎盛，諸郎恂恂儒雅，何必更爲多慮哉。弟年將周甲，後顧無人，弟侄輩皆庸駑不堪，又當何如耶，然愁亦無益。每憶袁太史“羞將好魂魄，飢飽仗兒孫”之句，更爽然皆失矣。爲人之道，才欲其大，志欲其小，才大則處事有餘，志小則所願易遂，可以一世泰然，終身受用。如朱海翁未嘗無才，惜乎志不能小，忙忙碌碌，豈非自尋苦惱哉。令侄苕虹來滬，弟竟未知。生翁在日，弟極蒙青顧，惜其“自用”二字，爲白璧之瑕。風流頓盡，言之憮然。乃郎輩皆長厚有餘而少閱歷，得閣下鼓舞而振作之，幸甚快甚。謝翁囑筆奉懷，渠在此狂窘異常，幸得海珊照拂，餘無可倚，深堪扼腕。而尊處一歲五遷，亦太勞止，流離景況，大約相同，幸楚中糧價與滬上懸殊，較易措拄也。

朱元炅　海曙

（三通）

一

吳門汪氏百宋秘笈，業已見其全豹，定又開廓許多眼界，羡羡。所云《注疏》，想即係前年吳書估所説一部耶。辱承商及，弟意十行本各經俱全，爲世間絶無僅有，一二种亦足寶貴，況爲全璧。在弟計之，斷不可失。若欲論到精品，已修之板，不可爲精。唯書籍好尚，人人各殊，在弟見經書古刻，莫精於宋刻巾箱，然巾箱本只可作古董用，非比《注疏》之足資考證校讎也。又所云價值論，此刻錢串亦已公道之極，自以得之爲是，惟大才採擇焉。馬氏書目，卻未有人説起，容於其附近親友處所問之，再爲奉聞。

二

承假《國策》，已收悉，容俟讀畢，當與鮑注一并奉繳不誤。所云《毛詩》求印者，與位翁所屬印卻是兩起。此二十五部，琴兄自留五部外，海鹽至戚中十部，其餘皆由遇翁處來。琴郎曾受業於遇翁，皆其同牕介託，弟前信中約言此兩人耳。此書究是讀本書，戚友及族中頗有欲求印者,其不甚關切者,弟俱以將發坊復之矣,諸瀆感感。再,弟處向有讀本《國策》,係萬曆時一張姓所刊,比將尊藏一部校讎張刻,注竟一樣,惟節去衍文,以彼校此,字均有訛誤之處。現弟讀本均於眉上寫録,尊藏則用籤夾之。警師夾條中云,通引吴氏校注本,弟卻未見,不知鄴架有之否。黄刻高注,弟亦無之,便中尚擬借觀,緣鮑、吴所引高注,亦可是正也。

三

刻奉手函,敬悉侍祺安吉爲欣,秦刻《九經》舍間竟無藏本,特以奉復。日前所賜一緘并《説文》,已收悉。朵翁家遭回禄,所有收藏之物,盡爲祝融收去。書籍渠亦本無秘本,所可惜者一宋拓《九成宫》、一宋拓《虞恭公》耳。天氣陰多晴少,大約釀雪之局。《靈樞》及《素問遺篇》、《運氣論奥》,今日均已對畢《道藏》本(《道藏》共有三種,不僅《靈樞》),亦有訛字。吾兄閲《運氣論奥》中所夾之條,可知之矣。《靈樞》前論,略及"六氣""迷惑"兩論,爲各本所删,唯《道藏》有之,因命小兒抄補。《靈樞》尚有脱張二紙,并訛訂處,弟細細標明夾條,可屬子簡兄一抄、一訂正之。

厲雲官　伯符

（一通）

一

尊兄大人閣下

接展惠書，欣讅新祉駢蕃，如頌爲慰。承示《類篇》尚有複本，既拜嘉貺，亦不敢奉價銀，嗣有信去金陵，當述及盛意也。《飲食譜》月内付梓，蒙代擬序，鄙人冒竊以傳，惶悚無似。李詠裳孝廉倏過訪，必接談也。大東敬璧，後勿再施爲幸。肅復，祗請台安，載頌春祺。

愚弟厲雲官頓首

黄燮清　韻珊

(四通)

一

去年别後,病枕纏綿,自顧衰頽,急思以三十年心血付諸梨棗。夙承垂愛,商及梓事,迺荷雅誼殷拳,許爲將伯之助。感謝知己,寤寐勿諼。賤恙於三月初始就痊,可漸次復元。拙稿正在發鈔清本,閏月可以開雕。如蒙闗注,附筆及之。尊恙想係肺熱所致,多服藕節湯,最屬有益無損,道遠有失問候,歉何可言。借書消遣,確是養疴妙法,但宜行云流水,不可過費心神,爲屬。塵世得暇,便擬買舟趨侯也。頃在禾郡,瞻仰新購名園,華石亭臺,位置盡善,絲竹觴詠,無乎不宜。院試時何不到彼遣興,届期弟亦當艤櫂來會,藉圖良晤,何快如之。順頌吟安,不盡縷縷。

二

前奉寸函,知邀青入。日前在禾,曉廷同年交到手翰,并番銀三十餅,謹已拜領,敬謝敬謝。良朋雅誼,千載爲期,豈尋常投贈所可比哉。拙詩前數卷已付手民寫樣,以後隨録清本隨付梓,俟刊有樣本,即當刷印呈政也。頃晤伯聲兄，詢悉尊恙已占勿葯，精神復舊，甚喜甚慰。去歲開閘濟涸，被澤無窮，吉人必相獲報，正未可限量也。黄梅少雨，烈日當空，又似去歲光景，殊爲可憂。所幸蝗蟲悉數渡海，竟無遺種，雖曰循吏所感，或亦蒼蒼者不忍爲此已甚也。

三

塵冗碌碌，音問久疏，馳念之私，每勞夢轂。辰維潭祉吉祥，著祺安善爲頌。拙製詩稿，蒙助剞劂，於去冬刊竣，因舛字過多，校正修改，又逾半年之久，近方刷印，特先寄呈四部，以俟郢削。内一部乞代寄警石太世叔爲感。覆瓿之物，豈足問世，徒以少壯蹭蹬，無可表見，止此半生心血，不忍消滅，又賴良友至成，遂災梨棗。春鶊秋蟀，自鳴其天，亦不知其所作何語也。閣下閉户著書，根據深厚，近又梓得何書。能賜讀一二，幸甚幸甚。

四

仁兄先生閣下

握别以來，瞬經四月。頃披惠札，深荷注存。即稔安寓漢津，課子讀書，有以自樂，專精羲畫，俯仰皆寬，具徵味道之腴，得易之妙矣。際此三陽啓泰之辰，敬維撫時納祜，順序延釐，允符心頌。弟相違已久，相憶滋深，數月來歷碌旰宵，不過簿書案牘，愧無樹立，可慰雅懷。迺承示丹初方伯於舟次時，猶蒙詢良朋傳語，舊憲多情，無以副之，益增愧恧也。文郎詩禮趨庭，計必竿頭日進，念念。肅覆，敬請道安不備。愚弟黄燮清頓首。

伊樂堯　遇羹

(一通)

久違雅教,時竊馳思,邇惟文祉日佳,諸多迪吉爲頌。《詩傳》自明代爲坊刻所變亂,學者不獲見朱子之原本,三數百年矣。而兄乃取元本付梓,令兄生沐先生暨諸君復爲精於讎校,於以嘉惠藝林,誠不朽之盛事也。管見數條,猥蒙甄録,何幸如之。承惠賜一部,謝謝。惟卷一第一張失去,望爲補印寄下。又前存弟處底本,僅有本書二十卷,亦望將首卷序圖綱領暨末卷序辨札記,用竹紙補印,以成全書,是所切禱。又梓本尚有一二訛字未刊正者,謹列於後以附聞。此佈,即請撰安不一。

高均儒　伯平

（六通）

一

去臘辱疊顧寓樓，櫂旋後復兩讀手教，遲遲未報。以刻工嬲直，《書傳》未刻樣，《詩傳》本又覓未得，度荷亮垂。二月二十日外，桐君《琴譜》始刻畢，《書傳》刻直議方定，姚君仲芳持《詩傳》本見假。二十六日，蕙西致字云，尊西席朱海曙先生來杭，即託攜致，想早徹鑒。鄙見以《詩傳》本視蕙西所有《書傳》爲佳，且疑《詩》原刻，《書》翻刻。上巳旋經海昌，曾以質諸警翁，請警翁於過尊齋時察證。《書傳》刻樣一紙呈覽。刻價比《濳齋先生集》又加，見在。桐君留敝門下吳生董其事，一手寫，六手刻，九月方能蕆工。尊處《詩傳》如何付版，希示其略。如有愚者之一得，無不樂效也。《應先生集》一部，奉懇校示錯字。尚有前年所刻二三種，容檢續寄。新刻《方望谿先生集》，如須繙覽，示之當寄假。（戴存、莊鈞衡所裒刻者，視舊刻多三分之一）

二

仁兄大人左右

九月十八日、六月二十六日、八月初一日所發手書，語長意摯，得誦至感。敬審蕙侍延禔,郎輩讀書日益。次郎偶患血証,靜攝切勿服藥,至要至要。蓮伯之殤,來書謂與四寶,同是刻苦太過,誠然。均儒頑憒因循,靦然苟活。仲秋瘧後,近苦寒嗽一事,不能任心灰肌汗,神思忽突。承校《小學》,正文刊畢,校勘記尅期月内亦蕆。譌漏不堪,適增罪過。梁叔《詩録》刻成,厚意可感。樣本二册,一交稼軒(梁叔與之同門至好),一均儒,繙讀略有訛字,容彙録一本,另便續呈。王壽翁時與左右通問,張廉翁爲課令子令婿,取善爲友,患難中之樂境,羡羡。海曙臨終一紙,作何説固不忍聞,又不能不忍痛一問。因在滬時,海曙曾云俟卿里稍靖,乞均儒爲其兄作墓表(是孝廉京官,忘其名,并忘記是其兄、其弟),狀未交來,而均儒卻已奉諾,今當爲海曙撰一小篇,爲位而哭。至其少子,不免子弟之愆,可望其改。訪谿長子已三十四歲,素極謹慎,忽放而流,曉蓮云訪谿尚未知之,均儒亦望其能改。邵世兄來信,端楷而語皆踏實,可敬。松生購得位西《忱行録》二册寄來,中多温得《大學》《論語》之條,的是位西手筆(癸丑、甲辰日記中,多讀《大學》《論語》之條,爲最好。偶有詩文,皆不甚關緊要)。鈞儒已令朱生之榛董録副本,原本當寄還邵世兄。松生用昌黎《送諸葛覺往隨州讀書》韻,書於録後,疊作三首,頗可誦。均儒擬刻《録要》即附三詩。子勤在滬,未通書。銘齋旋潡迎母,均儒肫約其到滬寓定後,即自來淮,修《宿遷縣志》,爲乙丑春明之計。松生已允爲措貲,并僱自滬來淮之船,歲内當到。令親見均儒奉致之書,不以爲拂戾,意氣自有,平時亦深跂望。桐君曾否來漢上,包興言近常晤否,并念乞示。左右看書有得,《朱子全集》已温一過,自有定守。但堅存鄉居之念,姑且隨寓而安,俟故里廓清,旋依廬墓,是大幸事。均儒亦秉是心,思之隕涕。因來書有秋間東下之語,率此求警石先生轉致。上叩侍安。均儒頓首。

三

昨誦初二日致位兄書,辱注惓惓,極感極感。均儒兼旬來與遇兄只談一次,懶可知矣。昨朱紫岑兄信云,其弟子信避居愛家灣,三月中下旬,詣尊祠繙閱各書籍,略爲整理,屬轉致聲。子信兄是澉城之能讀書者,想彼整理未畢,必拉銘齋兄共事,當即專緘詢之。奉命帖後偶語重書,付裝仍未愜意,悚息之至。

四

久未奉書,渴念之至。昨得朱子繩兄("紫""岑"二字被污而改)來信,云子信本欲爲書主人分列一書目,承屬必有以奉報,但分門類當否,未可必耳。銘齋兄亦有書當與子信,共爲檢理。位兄需讀黄忠端所注《孝經》,已託子信檢之,俟有的便,才能寄來,屬付裱拙書楹聯,已裱好多日,亦需的便奉寄。賤恙已痊,惟不耐勞,想從此爲廢物耳。

五

正月旋禾,途次舟閣,漏成巨浸,書籍盡濕。時復抱病,二月中澣始痊。頻聞警信,意倍瑟縮。三月到平湖,以山泉屬修其支譜,兼約束其次子,藉稍習静。豈意郡城遽陷,寒家先期徙避。均儒特自平言旋,臨時躬率守户。兒輩由南門走,至避居距城二十七里之觀瀧。自謂已似周密,又豈意五月朔日,因避害而受酷害者親屬五人。即晚率次、三子,暨孫女、外孫輩七人,走至王杏。次日趨尊第,承執友諸君推愛款留,百計代籌,無微不至。初六日,始獲抵角里堰先君墓山,即寄居山麓周頌頌墳親家。均儒初謀,原欲徙避,在此中間猶豫,致遭慘毒,罪隱不孝,事著不慈,敢略布陳,庶君子知均儒處事寡斷,負罪獨深,不足齒於人,數專嗚感悃,并謝尊刻《毛詩》精刷五部之賜。《校刊記》訪溪又增入數十條,已録副在平湖笈中。訪溪云尚有數十條未核定,俟其寫出,彙録别呈。

六

十七日奉晤,即晚得手書并詩稿一册。十九日到杭,二十六日得二十四日、今得二十八日兩書,皆有詩。詩以性情之正,爲感創之機,吾兄攻之,自有裨於心志。均儒嗽方瀕劇,未克奉酬,悚歉悚歉。遘難餘生,百事皆不計較,惟羡兄有書可讀,有子可教,彌殷嚮往。所冀循習故常,以敦和樂,庶合風人之旨。禱禱。

高行信　明恂

（一通）

頃得手示，敬悉一是。子信先生所書尊藏書目，據秩翁管家云，其親見信翁送來，現存秩翁處。信翁與陳蓉江先生在貴祠檢點書籍，月餘始寫成書目，其時三四月間。昨有信去，道及先生欲觀，想有便即可寄到也。蓮伯先生交下囑書曉湖先生聯，塗就呈教。

袁鳳桐　蓮伯

(二通)

一

十七日曾佈一緘。想月内可到。辰維侍奉康娱,簉著日富爲頌。鳳桐單獨一身,間聞至滬,幸與子齡相值,擬赴皖謁滁生宫保,以遂十餘年願見之私。抵皖後或再趨謁台端,聆清誨也。邵先生尚未至滬,其所著《書傳》,閣下慨然授梓未刻,竟俱罹兵燹。其他孝經、禮經《通論》,亦求之不可得,良可慨也。弟辱位西丈十載提攜教誨曲至,前聞已達上洋,正爲斯文稱慶,乃事屬傳訛,能無惆悵。閣下拳拳訪其蹤跡,情溢於詞語之間,凡兹高誼,非晚近所僅見耶。

二

伊遇羹師獨抱遺經,修文地下,所著書皆散佚不傳,尤可歎也。垂白高堂,顛沛萬狀,弟嘗請其寄寓,朱儲爲儲數月薪米。而上洋匯款,一時未能遽得,因與子齡相商,向尊紀借二十金寄往,俟稍遲弟當奉繳。惟不待致書於閣下而擅主其事,惶悚無已。想閣下念切痌瘝,當不以此見責也。子齡昆仲經變之後,亦頗動心忍性,若得趨侍絳帷,置身於經訓史册之間,自當有進。弟屢勸其勵志下帷,毋忝家聲,且以慰閣下拳拳策勵之意,頗能見聽也。

朱蘭　久香

（二通）

一

大兄足下

漢江舟次，得挹清芬。抵任後接讀惠書，適以扃試事煩，有稽裁答。李雨亭太守到皖，又蒙函寄《肇域志》全部，疊荷注存，益殷銘佩。就稔文祉佳勝，忭慰奚如。昨晤劉醒余孝廉，具道足下力辭保舉，想見學純養粹，益著謙光，然名可不居，而其實究無歉也。皖省疊經兵燹，而安屬士風尚知振作。校閱之餘，去取綦慎，總期以實心行事。計自咸豐三年迄九年，補行歲試三，每邑童試一次，分作四案。九年以後，童試須俟明後年補行。開印後，即擬按臨廬州、六安。惟池州無院試棚，擬調至署棚趕試，緣新生已過歲考，亦可選拔。四月間彙考數郡，選拔早令北行，皖省方免向隅，餘郡從緩議。聞繡州收復，我兵直搗石門，杭城即可得手。足下林居之願，可以遂矣。甘泉先生到皖，僅一面，倏焉作古，經師人師，殊可歎惜，知足下亦不能無人琴之感耳。小孫讀書頑鈍如故，明年西席已聘定，承念，謝謝。查宫詹墨跡，呵凍未便加跋，稍俟春和，即當濡毫寄奉。肅泐布復，順頌春禧，

惟照不既。愚弟朱蘭頓首

二

按試皖省，得展手書。先蒙惠我《葩經》，繼則寄閲顧亭林先生《肇域志》等，擴我見聞，曷勝心感。弟秉衡五載，文風士習，毫無所裨，深辜。主眷任滿，請假四月省墓。自顧孱軀，動履艱滯，不知將來何以行走宫庭也。硤山在邇，未能過訪，緣三兒隨侍，即欲赴省填親供，不得逗留。《肇域志》稿已呈湘鄉爵相，請付書局汪海邨孝廉交刊，庶先哲心事不至淪落耳。敝友《杏翁全集》幸而刊成，此舉杜小舫、李少石俱有力焉。書此，以當面談。

蕭迺甲　笠仙

（六通）

一

來翰所謂邱君遍尋不見，昨始知其一棹出門。二書當俟回時代購，《後漢》《秘要》《本草》三書，兹乘戴少槐舍表弟妥便帶回，祈收。明之有人在仙女廟以百五十千文買書三船，内有《圖書集成》一部、《佩文》二部、《硃批諭旨》一部，皆全書不缺，此外未知，或宋元版尚不少也。閣下聞之，得無垂涎耶。

二

頃接手翰，敬悉。昨晚羅效老云及，汪處當面開價，非多交易，則毫無折頭。閣下所看三書書傳等，俱無全書在此。若一着跡，徒爲順甫長價，是以放一活動之筆，且待書全，再與商量辦理可也。效老又云，只此三書，不過八九十金，即使勸翁照開付價，但頭本在彼，亦屬空言無補，故以待全書爲詞耳。《駢字》一書，前途初還七十千，中錢陸續增至八數，洋蚨不能再加，係買客，非官場也。其全書祈即設法寄來。

三

昨取書至,《外臺秘要》多係抄本,殊不足取。詢之前途,恐有錯誤。據云因是書抄多刻少,是以對折統售,并非錯誤,亦無第二部云云。兹托樂兄帶上,祈酌去留。如欲抽買,則原開之價又未肯折算也。祈與樂兄商之。

四

展頌環章,欣慰欣慰。并稔文興日佳,意圖秋戰,尤令聞之一快,弟於腐爛本頭,素亦愛不忍釋,并視爲不可不習之業。以幼可以通虚字,長可以搏功名,老可以温經書也。且入乎其中有時,得行文之樂,或爲師友激賞,則鳥爪把背,莫能譬喻,大足以鼓興會。年來如精神可支,此志未懈,奈已蒲柳早衰,不能進隨於風簷矮屋中矣,可勝悵惘。至文之排疊,近科亦漸改風氣,惟“空疏”二字,是場中通病。鄙見以爲我行我法,有應對仗處則文也,而賤視之,務求飽滿。便屬易選青錢,不知方家以爲然否。

五

二十二日手翰敬悉。弟嘗以馮婦攘臂下車,爲良心發現事,斬蛟射虎,此其流風。彼非笑之士,皆腐見也。此論似奇而實正,若莫之敢攖時候,而馮婦袖手以觀,何其忍也。閣下興鼓文戰,弟以勸駕之不遑。弟若力可閉門,此事還當不廢,况時文中未嘗無學問、無性情,入乎其間,亦絶有樂境也。

六

閣下見地特高,而又濟之以博覽,不但通達事理,而能勘透世情。如弟蠢愚,惟有佩倒,德門光大,由屯而亨,指顧間事,勿慼慼也。佳章見示,想見撫今返昔之懷,而氣味深醲,不落尋常家數。弟昨又寒熱三作,得此如陳琳之檄,當可蹶然而興。惟入體困憊異常,到滬尚早,焦悶不可以言。

金鼎燮　小岱

(三通)

一

小别經年,積懷成痗,比維寅昉乙兄大人,綵侍綏燕,履候延鴻,以祈以頌。前秋備荷惠愛,小兒得有進階,皆閣下之所賜也。屢欲奉訪,緣體患瘡痍,迄未成行。昨隨侍家君返禾小住,便道當圖良晤,先寄呈《經義述聞》全書,計木套一函,以踐舊約,祈照入。所存昀鼎求六舟題款者,曼亭寄存賬房,望囑小滄檢出,交航付下。近日做何清課,聞頗專精八比,今秋定可一鳴驚人。家君重赴鹿鳴,得做同年,亦佳話也。總裁聞是賈相、沈侍郎等題,尚未知時藝。近課就正何人,能否賜讀數篇?案頭又添奇書幾種,渴思一面,泂溯殊殷專佈,順請邇安,愚弟金鼎燮頓首。

二

前月下浣自杭來禾。知台從先一日在舍,未及倒屣爲歉。茗兒午日已赴省垣幕中,承念感感。渠頗佩服《菰蘆筆記》也。所留試帖,家嚴以此題未知命意所在,難於着筆,原作亦未經細嚼,不敢任意批閱。弟再回稟，求擬作一首，或者遲日有以報命也。明早定往吳門，弟亦侍行。遠甫兒已于前月十四引見，下浣必到蘇稟到矣。《廣雅疏》弟得價只三元，昨有人又寄一部，故欲與鄰架耳。前奉《述聞》，的係足本勿疑。

再，聞有誇示吾兄建文錢者，建文並未鑄泉，弟此言有所本，而不足取信於人。頃得劉燕庭刻《古泉詩》百首，内注明與弟所云同。又新得《羅臺山先生集》。甘泉老人曾得見否。代問及。由禾返杭，或便道走訪作半晌談也。

三

九月之望，寅昉兄招泛夜湖，同遊者墨卿、元之、海峰及蓮生弟，次兒福曾。口占七律呈政。十斛明珠半暗投，冰輪奚必照當頭。銜杯只惜無低唱，賞雨何嘗不勝遊。後會料量三徑碎（冬初擬訪□□），前山隱約一奩浮。平生卻慣虛思領，敢道今宵願未酬。（舟泊平湖秋月，遇雨而返）

小岱弟率稿

朱鈞　筱漚

(一通)

去冬晤别,時切神欽,祇以鞅勞,致疏箋啓。歲前奉到惠翰,具荷注存,并承貺塾刻《詩傳》,薈萃精華,足以嘉惠後學,拜登之下,欽佩奚如。正擬肅布謝函,又承惠賜蘇帖,閱之精拓完然,神采湛然,不禁狂喜。弟俗書自愧,而於《晚香堂帖》心竊好之,屢覓精拓本不得。今承雅貺,愜我素心,此後握管臨摹,藉可一洗塵俗,其爲感謝,莫可名言。愧乏報瓊,尤滋歉耿。比惟重侍曼安,宜春多福,定如所頌。弟碌碌趨公,幸加平順。津沽之役,已定於初九日登程。馬足車塵,重尋陳跡,一路春光,正好可免行役之艱。惟重任軨材,殊覺時深兢惕耳。

翁大年　叔均

（三通）

一

日前承顧，輶褻爲訾，刻下想已安抵珂里，潭居衲祐，頌慰何如。足下藏書日富，探索益精，將見著述滿家，刊布藝林，欽佩靡已。弟淺學寡聞，不敢妄有所著，唯金石之文，向喜集録，而考證多疏，亦未能成書，良可愧耳。賤體刻已賴芘粗適，望後擬赴吳署。聞笠仙兄將有上海之行，恐不及握晤。委刻印章，或託布船逕送舍下，亦甚妥也。

二

客冬一書布候，亮登記室。邇維起居曼福，著述日新如祝。弟半載以來，一無足述，唯賤軀近已粗適。二月初即至吳署，館珊丈，柯兄屢得握晤。唯笠兄尚留滬上，未能一敘耳。昨有友人以《群書治要》《佚存叢書》二種託售，未識閣下欲得否。特將書目奉寄，即乞示知。委製印章，如已酌定字樣，徑寄吳署，或託蕭世兄轉交，均妥。

三

仲夏獲拜手書,及番蚨十二之惠,彌愧過隆。委製石印,其時即欲刻呈,迺以舊恙頻作,至秋間始瘥。而繼以次兒畢姻,山妻辭世,煩累不可言。迨前月赴茂苑官齋,始能將尊印刻成。兹乘衣穀兄之順,奉呈大教,而延閣半載,歉然於懷。張子簡世兄好學工書,兼精篆刻,喜故人之有子,委篆印文擬上,祈閣下與子簡世兄共政之。附呈校刊《樂府指迷》二卷,賤體今已粗適,如令友有索及拙篆者,儘可寄下。至刻資向無仿單,緣拙劣之作,爲人謬賞,已屬可愧,何敢定價乎。

錢聚朝 曉庭

（六通）

一

前展復函，就諗近祺佳勝爲慰。今日作何消遣，頗有新詩否。詩亦須放平了靠實做，典故不可硬用，久久自有佳處。此亦先宗伯評詩之舊意，畢竟不可易。昨有姚姓友攜示《查他山手稿日記》三册（康熙三十年一册，三十六年一册，四十年一册），遊九江，遊閩及供職翰林院時，詩亦隨時作隨時改，有與竹垞翁同作之詩。一字推敲，或至數易，云曾借留連翁案頭。生沐兄見而欲購，因索價過昂而止。今其人急欲覓售，實需洋銀八元，煩吾弟代詢。生沐兄果否有前説，如果欲得此書，現在託人以價來，即付去也。是否即求問明，即日復知爲要，因來友月初須回音也。兄所患已平。天氣已熱，仍不出門，作畫之外，隨意繙閱而已。

二

前日接來書，并承寄示詩稿，閱過數次，知足下於古體本近硬手，遇奇景奇情，以健筆出之亦佳。此題圖自應作正調，七古爲妙，試帖卻一些生硬不得。《水上琵琶》題,又要傳忽聞水上之神,若多入本事,是《潯陽琵琶》詩耳。雖岱翁作亦不免此病,今晨偶爲潤色數句附後,全不用典,但於空處着筆,雖不能細切,亦尚平穩。六麻韻頗難叶。句子條達,韻腳牢,已非容易矣。

三

顧小滄來禾,弟處所藏《集古帖》一套,兄欲借一觀,有舊帖須對看也。又《觀妙齋金石考》一書,亦欲一借。又兄記得吾弟前購王石谷《山水册》,有笪江上題跋,畫贋而跋真。現有川沙沈姓收購書畫,此種藏之無用,大可售去。聞生白初七日有川沙之行,或檢出託渠帶去,如何。但不知原價若干,亦望示知,并交小滄帶來。聞尊藏《北苑夏山圖》三軸亦肯讓人,物太貴重,不便託人,屬其到彼説項可也。兄屢欲到硤暢談數日,而手頭畫債堆積,竟無刻暇,遲日再圖快晤耳。

四

兩奉手書,欣悉興居清適爲快。先子墨跡,自戴貞石勒石表忠觀後,未有繼刻者。今得我弟發意摹勒,洵爲美事。惟拙筆亦將附刻,未免增愧耳。石照幅式大小濶狹,或詩或跋,請人題識,多少不拘。兄補畫一幀,紙已染就舊色,須風吹數日燥足,則色不滲,方可動筆也。畫成后或先寄奉觀,或竟付裝,示知可也。

五

昨得致小兒手書,極承雅意關垂。屬令先赴吳門,此誠上策,可感之至。但官場局面昔已大難，今恐更甚。乙未繳律時，曾至上海，一見黄南浦，獲贐六番。過吴門謁沈曉翁，獲四番。後過保定，遂不見春帆方伯。心知貴人之視會試舉子，不以爲戴頂之乞人，即以爲抽豐之遊客。一刺初投，候或竟日，片言作價，視若浮雲。今雖推交情，敘感誼，若筱漚觀察、平齋太守、循甫大令，或不如是之甚，然亦不過應酬而已。欲靠彼張羅，恐不可得也。兄之爲此言，非刻非傲，在足下厚道待人，兄則深於世故耳。小兒張羅之計，只宜丐求相知之戚友，與泛交之里黨，甚或向生意場中沿門托鉢，而不及官場，深知官場斷無周濟寒士之心。足下既與韓履翁相識，將來入都便道，乞手書一緘，令小兒晉謁，刻下專誠前往不必也。兄褊性不合時宜，非足下素知我者，何敢發此狂論，閲後付丙可耳。原書兩紙，奉繳心感，盛情惟鑒不一。

再啓者，昨過曼亭處，以尊處館事與之面商。曼亭之意，因其頤郎漸長，督課無人，若出外就館，家中必須延師，非數十千不辦。舍己耘人，似不合算，此其一端。足下五六兩郎，六官頭角未露，五官勢在必成，但責不專則效不見，因材設教之道，學徒爲上等質地，則講上等學問；中等質地，則講中等學問；上等根柢之學，非先生所能，中等應試工夫，猶可勉力；不知足下視五令郎將爲上等耶，爲中人耶，不敢接手，又其一也。此皆曼亭老實説話，并無推託應詞。猶慮左右不察，以爲前此賓主頗投，何忽自高聲價，特屬兄婉達。因代述其言，泐此奉布。

六

久不致侯，想潭祺均吉爲慰。前交來付裝各件，兹先將裝成者送上,另單祈收以爲感。子筠師處取回鐘鼎款識五幅,一併奉繳。外吾師奉贈山水兩幅,内一幀係兄代筆,吾師題詩。又扇面册頁,統希察入。吾師晚年光景,竟至午炊不舉,不得已以詩畫易米,兄時爲代筆,然仍無濟也,奈何。鈇兒北行,兄擇二十六日,而同伴尚未如約,聞江北一帶干戈滿地,行路甚難,公車能達與否,殊未可料。此刻時勢,本不宜求名,而復試一場,終不能免,只得隨衆前往,行一程是一程耳。屬補散盤全圖,已寫花果十餘種,即爲交潢家裝成巨幀,新年聊用補壁。另來歲朝圖及摺扇等,年内實無暇動筆。快雪堂中爲租米所占,積塵盈寸,無一席可容。兄於望後欲赴澉山,歲杪碌碌,略無清況也。

錢塘　元之

（五通）

一

囑校大著，病榻手讀一通，隨寫隨校，以致竟有妄改原文處，惶悚惶悚。“屰”字下按語一條，論“辥”“辪”“櫱”“孼”四字，可酌。“櫱”“孼”二字，《説文》各有本義，木萌旁出曰“櫱”，從木，木之支。子曰“孼”，從“子”。義雖相生，部則各廁，古字間亦通用，然不必改“孼”爲“櫱”也。今尊著云《孟子》“孤臣孼子”當作“櫱”，似誤。“辥”，《説文》“辠”也。從辛，與辠、辜等字同部。“辪”，艸也。《子盧賦》注以爲“賴蒿”。今尊著云“屰”當作“辪”，不知别有旁證否。鄙意此條原專論“屰”之異於“逆”，似不必涉此四字，如别有卓見，不妨著於他篇而删去此條爲淨。“擕蘇後爨”之“蘇”，與禾部之“穌”義相近，正當作“穌”。《漢書》作“蘇”，亦如“蟄蟲昭穌”之作“蘇”，同一假借耳。今於“昭蘇”則曰當作“穌”，而於“樵蘇”則曰當作“蘇”，未能畫一。但當云“當作穌，通作蘇”，而於“蘇”字本義但當取“桂荏”爲訓，則兩得矣。尗，豆也。“菽粟”之“菽”，當作“尗”是也。後又云“從草”，二字疑衍文。按艸部“茮”，菉也，即“椒聊”之椒，子寮切，與“尗”字音義皆殊。

即"菽"字之"艸",亦後人所加,《說文》祇有"尗豆"之"尗",與"叔苴"之"叔"耳。以上數條已妄爲更正,後半篇悉依原稿繕寫,間識所疑於簡端,統竢教定。弟舊殖早落,且從未究心於叔重之書,管窺蠡測,知無當於萬一,委以檢閲繕録,本極易事,無如檢閲則無書可翻,繕録則十餘年不作楷書,頗以伏案爲苦。兒輩并塗鴉而不能,無可分任,亦累事也。至賤名得附於大文,豈不甚幸。然以生平未習之書,强力作解事,究覺汗顔。願別署他名,或竟不借人發端,亦無不可,希酌改爲幸。原題曰《論説文辨字異同》返似專論辨字之書之異同,作意未顯,或改曰《説文辨字編目書後》,而以手編之目書於前,如何。所編目録,頗便檢閲,謹藏書篋,若欲與大文并存,當録副奉上也。

二

三夕之譚,令我半載俗塵撲去三斗,何慰如之。十三日又將作毘陵之遊,此行大約歲杪回禾。聚散之感,想彼此同情也。先君《説文義緯》稿本已取回,《唐韻聲類》寫有定本。玆屬友人録副二分,寫成當以一本敬呈批覽。《忠義堂目》五紙,先行送閲。《良吏述補》樣本,檢書帳始知爲家兄攜往山右,其序文家中更無他本,只得寄信晉中,屬其鈔寄,再擬補刻。此時已命梓人同《紀事續稿》先印二三十部,弟恐不及俟其竣工,印好後當由始言寄奉耳。顧跋係《雞峰普濟方》,并非《千金方》,《千金方》亦無仿宋本,誤記也,可笑之至。桂氏、王氏各著,當留心訪覓。旅中無簡便醫書,甚爲受累。生沐先生所刻《經驗良方》,至善至善。欲懇轉求一部,不知易得否。拜托拜托。

三

桂未谷先生後人,蘇省無知之者。《廣雅疏證》王氏不輕送人,又不發坊,是以極難得。兹奉送一部,係先輩核閲本,似覺爽心豁目。又篆字《十經》一種,聊爲温經識篆之助。并乞察收爲幸。先君《説文義緯》,一時尚未能清稿。兹托友人先抄得《類聲》一種,特奉雅覽。抄手極精,烏闌張張手畫,而通部無添注塗乙,尤難得也。惟原稿究係草本,暇時須與十五部對校一過,始爲盡善耳。

四

二十二日回禾,得讀賜翰,備蒙諄諄教益,垂愛之情,溢於言表,感佩難名。然弟之爲此,非有所歆慕而然也,亦非甘於暴棄而然也。頻年家食之艱,非一言所能罄。甚至一日不能具兩餐,老母恭率家人每晚食糜粥者,已兩年於兹矣。賓客之酒食不設,親朋之通問恒疏,事事與鄙性相違,鬱鬱久居,能無自憾。閣下乃以陶阮相勗,且爲現身説法。夫古人之安貧樂道,必其俯仰無愧,與世無求,乃能處之晏如耳。若瑭仰既不能具甘旨之奉,俯更不能息交謫之聲,飢來不能不爲所趨,丐人不能不遭白眼。雖欲賦詩行酒,强學古人,奈身與心不能相習耶。雖然入貲之舉其爲無益,瑭亦心知之,知之而犹欲爲之。此中苦況,非真知我者,孰能諒之。即如此番句容道中,不帶僕人,自負行囊,坐隻輪車,衝寒冒雪,往返二百餘里,此中豈復有佳趣,而乃僕僕如斯。塘之爲此,不過盡人事而已。成敗利鈍,固有天焉。官不如幕,旨哉君言。然正惟幕不可得,是以降而求官。今官固亦未嘗得也,而與閣下滔滔置辨者,誠以閣下知我最深。今雖詑其所爲與平日本懷大異,然非深知我者,亦斷不能及此。是以不敢暴棄,直陳胸憶於知己之前,固知閣下終能知我也。閣下奪標之技,今年必不可讓人,元駕日内亮即榮發。或者與倉聖籀史問答既久,深窺於六經之旨,不屑與世俗子爭長,亦未可知,行止均祈示悉爲本。廉仲先生近遊未歸,晤時當爲致意。《學津討原》,前在東門一家曾見此書,日内即爲一訪,如可得即奉寄也。

五

頃奉還雲,就稔元祺懋介爲慰。作文愈出愈奇,正是臨敵制勝之妙訣,非此不足令閲者歎爲驚才絶艷,想見近日縱横揮霍、磊落瑰奇之致,投之千萬人之中,必超出千萬人之外也。快極快極。弟一無所作,亦妄思逐隊正,不知如何完卷耳,良可自哂。《百二十名家文》寄呈,乞察收。《校讎通義》尚未收到。燭門先生亦未晤面,俟其還來時,送還前途可也。《史選四題文》阮刻本,舊藏曾有之,不知何時失去。坊間恰未見過,無從購致,竟無以報命矣,如何如何。弟連日持螯之興甚佳,蟹亦肥美可喫,兹送上鮮一簏,請新科解元嘗之,并爲己未黄甲聯登之兆。位西世伯硤川尚肯小住否。弟祭掃畢當攜《昭代文獻》趨詣聆清誨,彼時想尚未旋省也。寄上《紀事稿》一部、《良吏述補》一册,祈轉送位翁察收。省中專足歸來,如有確信,望寄知一二,鄉僻竟一無聞見也。

錢卿龢　伯聲

（二通）

一

前蒙厚賜隆儀，曾於家嚴信中秉筆敬謝。兼旬碌碌，未及專肅謝函，歉罪殊甚。今讀惠書，欣悉上侍康娱，文祺綏燕，慰如心祝。《查他山日記》前途不肯貶價，已於三日前取去。現攜往武林，并有他事，云須冬日回來也。《日記》中無所不有，而南書房情形尤爲詳悉，讀之可想見中天之盛治也。委書《字學舉隅》，以期嘉惠初學，此誠美意，龢敢不踴躍從命，但拙字欹斜，何堪付諸梨棗，且字數不少，手頭亦無是書，容日内借得善本，祈閣下寬以時日，當寫一册求教也。先祖手鐫石，奉蒙許付還，感何如之。家嚴命先致謝。聞清課綿密，近作積已不少，欽佩無似。昨沈西伯同年説及順天覆試詩，題賦得支離“鼓筴”、得“齋”字，皆茫然無從落筆，間有二三知者，亦秘不示人，場中頗多叫苦。及出場後，始知出於《莊子・人間世》篇。現元之叔及彀味二君相約作是題，閣下何不於興到時做一首示我。襄叔倘有擬作，亦願拜讀。新闈墨結構極小，經諸名手評論，皆云不如前數科也。會試、覆試文題“務民之義”，賦得“山雨欲來風滿樓”，得“樓”字。散館

“大田多稼”,賦得“應是雨催詩”,得“海”字。浙江新科十七人,一榜眼、八翰林、八京官,竟無即用,亦屬難得。鉌應酬紛繁,功課未能整齊。倏乎半年,苦無寸進,奈何奈何。家嚴近已全健,惟畫債多而意興減,亦殊少閒樂時耳。天津夷務究竟如何,尊處有確信否。近聞勝兵敗退袁江,有警捻匪之勢益熾,大爲可慮。專此佈復,并致謝忱。

二

頃接家諭,云承閣下以先祖畫幅見還,甚感,命致謝。前日撿畫篋,先世筆墨中有先祖畫竹石一幅,亦是乙丑年畫,比尊處之幅紙稍潤。日内以之比看,如配得上,則配成四幅更妙也。畢太夫子處鐘鼎款識,已取至舍下,尚未題。有草稿一紙,老翁似不甚得意,故未寫上,遇便當寄來。閣下所索老翁畫件已動筆,竣工即寄上,其意亦期稍潤耳。曼師明日回禾。畢處之畫如欲寄去,今日須撿齊。

卷三（第三册）

袁芳瑛　漱六

（三通）

一

蘇城一别，桂魄雙圓，懷想臨風，莫名依企。辰維動定勝常，著作日富爲頌，看書之約，往來頻勞，徒呼負負，或再訂之異日可乎？位西兄屢有信到，囑弟代校《草堂詩箋》一過，緣尊藏寔係兩刻，與弟處所有不甚相合，且公冗鮮暇，未克相副，奈何奈何。兹謹將補抄卷及原本暫爲奉繳，或俟弟處排纂全書告竣後，再爲商辦，何如。承賜種種，領謝之餘，尚未有報，愧甚愧甚。錢世丈晤時，祈寄聲道謝。近日又新有所得否，鄴架之儲，想更見所未見也。

二

家人回署，捧到覆函，并藉悉潭第凝禧，文祉增綏爲頌。陳氏《書集傳》，未及一見。《九家注杜》的係贋刻，所傳漕司本，自二十六卷以後姓氏紛錯，奚止九家。寶慶本即漕司本，縱可知矣。承命題《檢書圖》，暇當奉報。《天禄後目》抄本，弟處有之，然視位西代敝同年孫芝房侍講購買者，相逐大遠。俟京中書箱到齊後，當檢出奉呈。前承代購《學津討原》，聞有完全不抄配者一部，兹特寄上洋五十元，即祈轉付，將全書發交來足爲荷。位西兄處今正曾通候否。春光融融，山水競麗，想花萼樓中更添一番新著作耳。《討原》或有鈔配，亦煩代買。然必實無完帙，方行將就，此作爲第二義可也。

三

使至，捧到寄函，並承賜《别下齋叢書》一部，《詩音釋》二部，嘉貺屢頒，卻固不恭，受何顔厚，惟感銘無既而已。辰維著作日增，起居歲勝爲頌。錢伯聲孝廉處祈道賀，楹聯希轉交。兄所命之件，因公冗未暇，又以雷門布鼓，致有懼心，以致遲遲未報。其代寫之件，亦未能竣事，統俟明春當專丁走送也。夙加摯愛，幸勿以荒謬見斥。貴同鄉有沈君賁文，曾帶錢子密信及《甘泉鄉人稿》等件來松。錢信當另由弟致復，沈君所囑之件，已爲薦漕修一席，兹襲不誠，祈代爲轉交爲荷。專泐復謝，謙光敬璧，以後幸勿再施。

朱緒曾　述之

（一通）

遥想著作日新，丹鉛不釋，耽古樂道，近今所罕見也。弟恨未能登雲林清秘，一暢所懷，然望風欣慕，無日忘之。尊校朱子《詩傳》，聞已告成，敬祈分惠一部，是所禱切。專佈奉懇，即請著安。李少石兄均此致意。

金衍宗　岱峰

（四通）

一

前在尊齋，談讌信宿，加飫郇廚，又蒙厚賜大刻多珍，滿載而歸，感謝感謝。昨承惠顧吴門，招遊木瀆，未克追陪爲歉。繼晤覺回，知早吉旋。刻届消寒，得少佳趣，羡何如之。四兒小春杪抵京，帶引須臘八日，年内不及出都矣。僕與三兒枯坐寓舍，分案點書、臨帖不輟，殊可笑也。《古泉考》祈校正，倘得另抄清本，録按語於下，并附各條，以俟付刊，尤妙。唐文中《慶鴻名頌》，便希留意查示。又《吞松閣詩集》中有《壽金雨菽宗伯詩》并注，並祈録寄是禱。拙稿《甌江集》，俟印呈。外附上三兒遵繕屏幅二紙，祈察入。

二

昨寓西泠，湖山談讌之樂，得未曾有。惟拜領厚惠諸多，簡褻彌切，不安之至，謝謝。重宴太草草，此自不足重故耳。兹將續刊《詩箋》并手書近作就正，祈察入。《鴻雪圖》已自作記，抑囑警翁爲之，僕愧無以應，歉甚。舟中讀闈墨多佳篇，肖溪文不愧人傑。次孫在石門，李明府房滿薦，主司批"清暢"，不售可惜。江南首題甚奇，已見新墨否。前托代查唐文中《慶鴻名頌》，祈留意。

南陽有菊泉，飲之富年歲。采菊以娱親，慈壽庶可冀。母如背樹依，子作晨葩侍。投懷進一觴，愛日真天賜。何期匝月間，音容頓隔世。寒花晚節留，寸草春暉逝。悲餘銜索啼，夢斷牽衣戲。拔心卷葹枯，矢口蓼莪廢。俯仰成二圖，題者同感涕。而我遭艱虞，風木痛怙恃。昨辭薄宦歸，幸遂幽棲計。獨尋釣遊區，再過定省地。蔬煙老圃荒，蘇水重闈棄（余昔居袁氏豫順堂二十年，祖母與本生父母居堂東園之學圃）。空溯倚閭蹤，終乖楚墓志。矧爲節孝兒，明發積哀思（去秋爲嗣母姚太宜人請旌）。菊花不得開，永墜登高淚（嗣母以嘉慶甲子重陽日棄養）。

右題曹薺鄉茂才《采菊娱親》《采菊思親》二圖，用警石韻。鮮民之怨，同此感歎，詩亦如出一手，録就寅昉大理正之。大理并囑宗自書，不得已塗鴉爲笑耳。咸豐九年己未小春既望，時年八十。岱峰金衍宗初稿。

學圃爲余親舍，後曾爲寅昉迎養，别墅因繪《鴻雪圖》囑題，愧無以應，岱峰又識。

三

兩展手書，備承獎飾爲愧。大稿長律吐囑名貴，迥異凡手，弟不能贊一詞，兹繳上。精益求精，祈自酌之。前交下令親《五世同堂節略》，尚未細讀，復拜厚惠，殊切不安，當思所以報命。念此事始見何典，及今功令明文，便祈開示。警翁文内歸氏曾元嘉慶堂，見於《震川集》何篇,如得一併示及,更妙。僕前月初到此,從未出門,惟日讀《春融堂文》粗畢。拙稿《雙柏山房》外又刊二卷,俟另寄呈。

四

頻年闊别,馳系良殷。每於大兒來稟中,述悉近況清佳,差慰遠念。辰維起居時吉,著作日富,定如心頌。邇想搜藏益多善本,金石之學聞更精進,欣羨欣羨。警翁諒不時晤談。子密昨冬曾返南否。弟東甌冷官,倏忽七八年,意興衰頽,漸覺懶於開卷。拙稿亦尚未校定,本擬引退早歸籍,與故鄉諸好友一話别悰,祗以擾攘煙塵,卜居無地,遲遲迄今。現於四兒甥館三溪村鎮買屋數椽,聊爲退步,大約冬杪春初,決賦遂初矣。四兒在滬當差,公事尚稱順手。二兒仍留臨寓。三兒隨侍濕署,渠於此間曾得銅磁器數種,他日當呈博古者一鑒定之。小孫福清,屢試未售,遊幕亦非久計,擬緣例就一京外職,極荷雅意成全,感泐無既,另單附商,定邀首肯,一切詳致警翁札中也。恃愛直陳,尚希涵亮。江天遠隔,不盡依依。

崔以學　蒼雨

（四通）

一

神交多年，不敢遽謁者，以馬篋徒長，而學問文章，遠遜後來之秀也。聞年來攻經學，經爲根本，亭林謂理學即經學，全雙韭以爲名言，而今能有幾人耶。又聞近刊《詩集傳音釋》一書，老眼已花，乘此初印，未審肯惠一部否。專此，并手書名紙一，萬希鑒誠。崔以學敬白。

二

拜乞一書，忽來雙璧，足見閣下無非嘉惠學者、拯捄斯民之意。佩服之餘，又見來書，囑弟再勘，恐不敢當。容帶回家中，暇日細讀。倘有一二芻蕘，斷不敢不鈔呈尊處，以求正也。此復。

三

去冬素未拜謁，竟爾修箋乞書，肆妄殊甚。乃蒙不嫌癡情，既惠《詩傳音釋》，復賜《洄溪醫案》，感愧交并，不盡言述。弟自去秋忽起痰嗽，肌膚盡削，左臂能伸不能屈，步履亦非杖不支，詩書一道，廢置不觀。今番天氣少和,方欲兩書細讀一過,而《詩釋》爲友人假去,《醫案》不尚温補,真足箴砭俗醫之病。無如此本中缺四十二葉,其四十三葉則多其一。是書有功於世尤鉅,還期寄惠一葉,以成全璧,則感惠更覺靡涯矣。族祖秋如翁《經解》四卷,阮氏已經刻入《皇清經解》矣。而《廣孝》《廣慈》兩種,雖採取未爲極博,而是書專爲捄浙東西惡俗而作,正不在矜奇炫博已也,此曼生大令所以刊行也。無奈曼翁當時刷印不多,又因志在搜多以成叢書,是以有志未逮,未幾曼翁遽作古人,而近日之專爲世道人心起見,刊刻有用之書,舍足下其誰歸。是以族弟前年願歸鄴架也,萬祈審定,再印一番,以公當世,則不獨族祖之書愈彰,而惠世實非小補云。芻蕘之見,諒不以耄昏見責耳。

四

十五日傍晚奉到寅昉仁兄大人午日所惠手教,并《詩集傳音釋》《洄溪醫案》兩種,喜出望外。《醫案》前次缺葉,從此可以鈔補一紙,無俟後印刷補矣。《音釋》又勘出百餘字,足見讎校之精。劉中雷、邢子才、劉仲邍父諸老,不能專美於前矣,敬謝敬謝。仁兄專騖有用之學,偶然出門遊覽,一騁懷抱。古聖賢未嘗終日趺坐,所以異於二氏者此也,羨慕之甚。《廣孝》兩編將來刷後,並希惠我一部,惜衰廢不學,未能有芻蕘一得之獻,不但敬畏而抱愧,難以筆墨言云。五月之望,海鹽愚弟崔以學拜手頓首謹復。

胡琨　次瑶

（一通）

去春祗謁，得耳麈談。適以瑣事，匆促回舟，不及再聆雅教，憶念之忱，積於寤寐。邇惟文章大吉，著作日新，潭第延和，式如心祝。前承頒下新刊《詩集傳音釋》一部，捧讀之下，備見朱子之詩學於《集傳》發揮之，《集傳》之底藴又賴《音釋》申明之，而《音釋》之淹没不彰者數百年，又賴執事之梓行，有以振墜緒而昭揭之。執事之有功於許氏，實有功於朱氏也。弟讀書不專，分心帖括，而又中年俗事，紛至沓來，竟無暇留心楮素矣。前年因公事稽查户籍，繪得武林城圖，隨所徑行，輒得古跡，聊復見獵心喜，編成《武林坊巷表》若干卷。惟見聞弇陋，藏書又少，鄴架四部如可借觀，是爲深幸，今開單呈閲，便中祈付典籤，撿寄爲荷。

金石僧達受　六舟

（一通）

寅昉先生閣下：

久不通音候爲歉。比維侍躬曼福，著作日增爲頌。衲入春以來，賤軀日漸沉重，竟不能復原，甚爲悵悵。昨接奉手教，并囑摹“神在”二字、篆書六字，草草塞責，恐有負雅意，不足供方家教渠也。兹附完《金石萃編》一本，祈查收是荷。肅此布復，順請侍安。南屏退隱僧達受頓首。

楊禮榮　柯亭

（一通）

剪燭銜杯，談心訂古，備聆雅教，歡何如之。惟是輶褻太甚，殊切不安。乃昨奉手書，轉荷齒芬遠及，祇令顔汗彌增。並承惠頒《詩音釋》及《記事續稿》二書，感泐益無涯涘。《詩音釋》鐫刻極精，《記事》中有先子像贊及先舅氏沈紱齋先生墓志，幸得閣下梓行，潛德藉以不泯，正不徒嘉惠後學之功已也。虞山古里之行，約以明春，如何。宋、陳兩先生處所求作書，已分致代求，俟交來當寄呈。來書中云《詩傳》《記事》二書尚有，送宋、陳兩分，其書現尚存笠翁處，另日當取至代爲分送。笠翁有滬上之行，須俟明春，海運事竣，方得言旋。位西樞部處如致書，祈代爲問候。《讀書記》中如有訛異之處，位翁能駁正之則甚妙。警石表丈近相見否，弟今歲屢擬回里一謁表丈，數次未果，頗爲悵悵，望便中先達下意。大約明歲春間，必當一歸並奉詣，暢聆麈教。

許丙鴻　心如

（一通）

示及錢師警石姻伯所定《詩札記》，著述老手，何待覆核。而有爲所未深悉者，緣生沐所藏影抄羅中行本，訛字甚多，雖書手之咎，然計亦大半由於原刻。在尊刻資學人誦習，自不容沿誤。故寫樣上板時早經改正，即有兩可者，亦多從善本更定。今據新刻，遽云“與某本同”，“某本誤作某某”，恐有得原刻者起而反唇相稽，將誚爲不知而作，是可懼也。即影抄字體，亦不甚正。如“届”“嚻”之類，並係近易，非羅有也。謹就所見，標識眉間，尚希酌正，或仍請錢師誨定若何。兹并所來清稿奉去，撿入是荷。

陳銑　蓮汀

（五通）

一

屢接瑶華，如親色笑，並辱家刻各種，不勝謝甚。兹際藻夏，想侍奉吉祥稽古之餘，於千章静緑中定饒佳致，正是福到清閑未易消也。令先公遺墨，已塗鴉呈政。隸體柱帖，可再乞蓮溪、曉廷二公亦題數行，并須均刻木板懸之，何如。尊慈索書額字，實有生鼃做硬繭之難，現已書三牋幅，持上并札，均乞代呈。如慈意未愜，或有心之所得而未就者，望宣示，當爲酌定再書，易易耳。專此泐候。囑件尚有直幅柱帖各二，俟後續寄。"再甥"之稱，本於何書。并及。

二

上月從曹舍親處寄到手書，并《錢給諫文集》二部，辱荷台惠之甚，正欲泐牋奉謝。今又接得尊堂與閣下兩札，並令先公遺墨楹帖兩副，具見閣下一飯不忘其先，孝思純篤者也，佩服佩服。惟帖楹題記，不索之大手筆，竟委及鄙人，深恐有負台命，如何如何。再新葺所居之額字，亦索余擇書，甚難擬議，何勿以尊意之所到見示，似覺容易矣。况尊堂札云以爲家庭册簿署款之識,又非易易耳。所顔之額如何長短,望裁一様紙,以配字之大小、跋之長短,幸轉稟尊堂大人。對牋直幅,塗抹請正。

三

囑書額字,刻費構思於納涼,得之"繼壽"二字,本諸《宋史·樂志》,有"明德人天必佑之以壽,繼壽以慈廣慈"云云。令先姑守節三十餘年,歲至大耋,堂曰"頤壽",可謂後先適符矣。書之牋幅持上,如意有未愜,祈示知,再書易之耳。再,有友云閣下以《徐批正宗》《瘍科選粹》兩種均付梨棗,如果付梓,以俟刷印後,意懇見寄,如何。

四

晨起得書并《錢給諫詩刻》,又尊刻《詩傳釋》一部,精善之極,所以外間望之如雲。本擬奉乞,今荷惠及,不勝謝甚。所詢索書卷首五字,已於月初書就矣,無如一水之隔,便鴻鮮遇,且有戴學士畫幅,未能率爾寄航,是以遲之又久。兹遵示寄上,并乞見寄收到字條爲望。

五

五月杪,從吕君慎安處接奉惠寄所刻《詩傳釋》《洄溪醫案》各二部,得一已足,今乃過望,深荷愛意。六月望後,吴、李二公過舍,詢悉慈親抱恙,已得健飯如常,欣符臆頌。索書西澗草堂紙幅,來足途中適遇陣雨交加,攜到時已勿能開展,及至次日晴曬後恐難揭用,是以另牋書之。第恐轉展寄航，不甚便捷。兹有便足來硤，令其賫呈也。惟近來精神日疲，拙書愈拙，未審法鑒以爲可用否。跋語明簡，無需易筆。承惠大刻，璀璨几案。近有新刻否。《别下齋叢書》有續刻否。附去湘竹扇骨兩柄，一十番，次者兩番，如入賞玩，此係友人托售，不過其價略昂耳。

沈宗濟　廉仲

(二通)

一

前月杪,文旆來禾,飽聆麈論。二十七早間至尊齋肅答,知以體中小極,已遄返硤山,未遂暢談爲悵。即於次日展誦手翰,稔悉貴恙尚未霍然,念甚念甚。日來未識曾否復元。天氣暘雨不時,惟餐衛咸宜,尤所心祝。承示《淮南子》各種刻本,并寄到莊氏所刊,昨又閱讀致味畬書。所云一切,具徵鑒别,甚感甚佩。

《淮南子》各刻,據弟所見,明第一桂、汪一鸞兩本俱删節注文,又於高氏注中之"讀若某某"者,俱旁注改爲直音,此與《漢魏叢書》中所刻,均不足據。依舍間所藏有劉績本即王溥刊本、莊伯鴻所刊《道藏》本兩本,於高注均未删節,遠勝於第、汪諸刻。惟劉本於正文字都脱訛、注文義有難通者,輒以意改,不僅校刊不精之過矣。莊刻據稱從藏本出,而盧抱經先生有云,書中古字多出錢獻之所改,非藏本之舊。王懷祖先生則云藏本是而各本非者,莊多改從各本;其藏本與各本同誤者,一概不能釐正;更有未曉文義而妄行删改及妄生異説者。竊恐學者誤信以爲藏本,則新刻行而舊本愈微。故王先生校《淮南》,以爲藏本最佳，劉績本次之，而不數莊刻，良有以也。即如弟刻間僅校至第五卷，《時則訓》"季春之月，餧毒之葯，毋出九門"，高注云"故特戒之，如言毋也"。《吕覽》注亦同。謝侍郎云，如，而也。此處文義本極明晰，莊作"如其毋出"，而又改"戒"作"解"，則與注義言"毋"者違戾矣。"季夏之月，天子衣苑黄"，高注"苑"讀"登飴"之登，此與《説文·黑部》"黗"字下讀"飴登"同，正是一義。"飴登""登飴"，必漢時方言。劉績不達斯旨，而改爲讀"宛怡"之宛，既已誤矣，莊本將正文"苑黄"改爲"黄衣"，而注中作"黄"，謂"登飴"之"登"，則不特臆改正文，且於文理尤爲不通矣。其餘注中奪訛舛錯者，尤難枚舉，不知莊氏何以如此刻書草草也。此外王瑩及朱東光本，曾於書肆中見之。王瑩本無注，朱本與劉績本大致相同，而行款太密，不便寫校。弟刻間所校印，據劉刻爲底本，參以各家所刻及王氏《讀書雜志》校語，他日不知可成一善本否。惟王氏衹校正文，而注語則略一附及，未免有見少之意。《抱經文集》卷七《重校新刻淮南題語》云"余别有校本，秦敦夫欲託爲傳之。此書經趙敬夫、孫詒穀、梁處素博引詳證，非余一人之力所能至是，因題數語歸之"，而寶應劉端臨先生所校《淮南》，即用盧校莊本。疑當時敦夫氏未曾刻，而流落外間者，猶有副本耶。道藏及吴門小字宋本，既多未得見，而盧校亦無處購覓，未識何時能快覩未見也。承閣下詳詢，用敢羅列陳之。王先生《讀書雜志》所校各書俱精，而《淮南》尤精乎精者，以其引據該博，能貫穿全書於胸中也。兹特將舍間所藏王校《淮南子》單本寄上，即可留爲鄴架之儲。末缺顧校宋本一卷，想係當日未刻全之本。弟處别有《雜志》全部，内有顧校一卷，現適在手頭，繙閲稍遲，再當奉假耳。顧校之語，其與宋本異者，已見於《思適齋文集》,别有數條校語,亦不甚多也。《詩傳補義》,查《經義考》無此書目,不知究出於何人。《吉安府志》尚未檢出,稍暇必有以報命。味畬處《家語》知已寄上,較之弟處之本,印板稍差而有修改補正處,故足尚也。外莊刻六本附繳。率覆,順請著安,并璧謙稱。不戩。

二

頃接手教,知今日至禾郡。適弟已登舟,明日即欲遄行,不及晤談,一敘十餘年離悰,悵甚悵甚。弟自去秋奉檄入都,風塵僕逐,客臘抵家掃墓。刻因限期迫促,亟欲返粤。昔年老友,不獲握手論心,彌增歉疚。大著聞已刊成,他日可託組齋寄至粤東,得一快讀,爲感爲幸。

錢應溥　子密

（六通）

一

自渡江後，屢欲握管致書，而人事龎雜，心緒惡劣，幾不能成一字。月前甫至甬江，即聞餘姚警信，匆遽馳歸，侍奉老親暫移至慈邑，極承卌翁雅意，借居校士館中。燕巢甫定，重作四明之游，正擬泐函詳佈一切，適尊紀至，接奉手書，慰悉種種。此間情形，熱鬧異常，大約均以洋人爲可恃（洋人兵船現到一隻，日内商議守城之策，先須拆城外房屋。張觀察創議，不拆屋而於屋外再筑一城。此事甚難甚難）。其實一有警信，即使孤城可守，亦斷不能坐困自安。且事至危急之時，恐遷徙較他處倍難，航海之外别無他法，而輪船昂貴，目前已加倍。其他如土船等輕涉風波，實不敢嘗試，左右思維，竟無善策。有人云鎮海、象山等處尚可擇地，然亦未敢憑信。我瞻四方，慼慼靡騁，正不知如何是好耳。弟本擬奉訪寓齋，暢談數日，再作省垣之行。目前風鶴之警，無日無之，竟不敢遠離數百里，坐是欲行又止者屢矣。值此時勢，萬念俱灰，惟親戚情話，時時往來於胸中，恨不能插翅飛來，一吐衷曲也。上游消息，金蘭占踞如故，葛村糜爛不堪，尤可痛惜。澂上人來，知北湖無恙，想吾兄聞之，同此一快。星海於五月望前到姚江，適值澉浦大擾，不能過去，而餘姚又站不住，只得回至上虞，日内上虞訛言逼近，又不知如何。五張六角，令人悶絶，幸而尊祠完好，書籍必有神物呵護，似稍遲亦尚無妨。尊札當即寄去，囑其相機而行，以報雅屬。書森、曉廷、元之、鹿門，均已移寓。甬上房價貴極，元之幸借居敝同年當房中，可省房錢，現在保衛局中襄辦筆墨，脩脯無多，聊免賦閑而已。

二

仁兄姻大人閣下：

昨從金陵回皖，得讀連次手函，并由邵子齡世兄處交看節次致書，具見古誼熱腸，拳拳於位西者至矣。不獨邵世兄感激涕零，弟等與位西交好者，無不同聲額頌盛意。朋友道衰，何幸於閣下一振之也。弟隨節相巡視水陸各軍，於正月二十八日自皖啓程，二月二十八日回轅，弟等隨同旋省。是役也，彭雪琴少司馬、楊厚庵軍門暨沅浦方伯，均得接談，雖未能深窺底藴，而私心評論，大約彭氏伉爽，楊氏沈毅，沅師則兼有二公之長。當代偉人，想古之李、郭、范、韓，亦不過爾爾。鮑春霆軍門亦談數次，雖不及三公之膽識兼優，而精悍之氣，露於眉宇，其殆飛將軍乎。茫茫世界，惟賴數君子撐拄危局，特不知劫灰何日飛盡耳。嚴親邇來眠食照常，惟步履總未能健，出門須人扶掖，較之前年在甬東時，迥不相同矣。此間不乏譚藝之人，而時時憶及舊遊，欲如五硯齋之讌笑盡歡，渺不可得，如何如何。雙清草堂蹤跡迄不可知，如吾兄所聞較稔，務求詳細示知，不勝感感。令郎想用功，日有精境。小兒現隨在署讀書，知承垂愛，附告一慰。草泐，布頌侍安，不盡百一。姻愚弟應溥頓首。

三

奉到惠書并梁叔詩册，容即如命分致。梁叔與先兄同年，憶辛壬間在京，曾共往還，不獨能詩，其氣味之淡雅，令人對之可以醫俗。嗣聞其殉節金陵，爲之沈痛。今得閣下校刊遺集，梁叔不死矣。凡與梁叔有交誼者，當共相感佩也。生香已薦至沅師處，頗稱相得，來函暨篆書楹聯，遇便即寄。吾兄精力肆意，力追古人。魯公書本從篆隸出，閣下日課小篆而推及唐帖，宜乎臨摹顔書，得其神理。所賜四幅，幾欲亂真，避地客居而造詣日進，益佩定力之不可及也。

四

闊别數年，時深夢想，雖音問久疏，而家鄉人來，每詢起居。藉知開徑有益，閉户自精，抱書卷以怡情，課子弟以遣日，此爲人生至樂之境，尤爲亂後想不到之境。結契山林，聯歡戚友，弟亦時懷此願，正不知何日償也。先君《曝書雜記》，頃在吴門重刻一過，寫手不佳，訛字亦未盡校，殊不愜心，兹寄呈兩册乞校閲。外附寄畢刻《續通鑒》一部，湖南李氏所刻《先正事略》一部，聊佐瀏覽。李氏書與衎石先伯《碑傳集》略同，而賅備則不及，想大雅自能辨之。然此書已風行海内，而先伯所纂則僅能抱殘守闕，可見書之傳否亦有數存，而弟居猶子之列，未能謀付梓人，未嘗不恧焉滋慙也。令郎近詣若何精進，甚念甚念。

五

别已四年,思深五内。去年遭先君大故,承遠寄挽聯,情文兼至。曾泐寸函申謝,寄至漢江,而台旌已飛輪東下,不及一展感泐之忱,至今心歉。金陵告克,弟等均隨節移寓白下,一切托庇順平,足抒愛念。先君靈櫬尚厝皖城,擬於三月間奉歸安葬。兹先遣子姪輩歸試,帶呈年譜一册,伏求訂正。是譜自丁亥迄癸丑,二十七年,大段以《校書譜》爲藍本,其餘前後由清追述泣書,未能肖先府君生平於萬一。閣下於先府君相知最深,務乞指其謬誤而訂正之,幸甚幸甚。邵位西翁竟以身殉城,言之慘甚。幸其令子足以承家,現同在此間,渠家時感盛意不置也。滌生師所作位西墓銘,此足下所欲觀者,特録稿奉覽,試品評之以爲何如。

六

頃專足至,奉到手書,并承寄《詩傳音釋》及《雜著》各種,均已領到,感佩之至。承示數理之説,誠爲千古絶學,若能研心考究,自足抗希前哲,垂示後來。惟自來講數理者,均係苦心孤詣,閉户著書,從無廣約同志出外遊覽。蓋此事貴精不貴多,宜專不宜分,理固然也。從前大老中如阮文達、畢尚書諸公,有心提倡,亦未嘗不可招致賢豪,剖析精藴。今則東南久已絶響,設有談及者,皆匿笑之,此亦風氣使然,無可如何。以弟學既淺陋,又無力量,更何從闢此蹊徑,爲閣下一吐胸中所欲言。捧誦來函,惟有抱愧而已。但願閣下歸守舊廬,研尋故業,不獨數理之學日進,即詩文一道,閣下極有根柢,讀書之暇,或吟一篇,或草一文,獨抒心得,自尋樂趣,名山我所自有,家事付之兒曹。回思十年前在外驚怖,安知尚有今日,興言及此,則一切雜念可以屏除淨盡,而出門之念,更可以廢然返矣。夙承不鄙予言,用布腹心,伏希鑒而許之。

宋紹祁　生香

(二通)

一

仁兄大人閣下:

月前下澣,送奉手教。適以感受風燥,兩目紅痛迷眩,不能作字。闕然久不報,悚歉如何可言。邵子齡兄信,遵愷開緘,蘇臺大作,循誦數四,推敲盡善,蕪陋如弟,遑敢學步。至石經一句,揆諸臨文不諱之義,如風詩"克昌厥後","駿發爾私",古人亦不之諱,既已下筆,即仍其舊,亦無不可。卓見以爲然否。錢密翁之世兄新甫,暨方翁之世兄恒甫、怡甫,以赴小試南旋,暫寓弟處,談次以道經硤川,正值陰雨,未及走叩,僅飭紀呈密翁一函及警石師年譜一册,囑爲代致歉忱。鹽邑義塾之舉,已將尊意轉達,密翁、子齡兄函亦一併寄去矣。香牒已由滬附輪船北上。閣下近況,相知者定能相諒,寄書時當道及之。弟爲帖括所誤,本未讀書,比經兵燹,衣食奔走,年逾三十,荒落如斯,過此以往,更無可望,言之憮然。閣下抗心希古,脱然塵鞅,識解超卓,何患不作傳人,可勝欽羨。州試伊邇,諸世兄名場騁足,從此着鞭,翼甫兄諒早至硤。張銘齋丈在館否。弟成童時,從先兄吟雲學,時在新倉吴氏之塔影山光樓，銘翁三五日輒一至，每以竊聞吐囑爲幸，此後則不復相見。近晤張君松巖，道其近狀甚悉，品端粹學，求之時賢中實不多得，心折曷已。此復，敬請著安。愚弟宋紹祁頓首。

二

昨奉手書，未即裁答。頃杏伯兄傳述教言，并寄梅坪兄函。送邵位翁奠分銀十兩，囑即附遞金陵，而一時苦無的便，須俟子密兄回時託其帶交，未敢徑寄郵筒，致浮沈石頭渡口也。梅坪兄前在滬瀆，萍聚數月，其爲人豪邁不群，洵屬一時之俊。閣下與海曙丈交誼肫摯，弟所稔知，承示祭文，語語從肺腑中流出，視世人哀輓之作，直糟粕矣，心佩曷極。尊意擬令梅坪兄遊學秣陵，仁山先生爲海内經師，滌生爵相在詞館時諒必有舊，且海曙丈與邵位翁爲道義交，爵相度亦夙耳其名。但節署中僅吴興周縵雲侍御一西席，爵相兩公子、兩東床皆從之學。邵子齡兄昆季則寓居别館，閱數日一往請業。至洪西翁，近已不在幕中。弟意越九百餘里而從師，必得切實可依，方不負此一行。計子密兄四月中必當南旋，爾時閣下可與面商，以定行止，卓見以爲何如。

倪文蔚　豹岑

（二通）

一

仁兄大人左右：

世兄來，知起居漸次復元爲慰。總以一念不起，靜心珍攝，俟清氣上伸，濁痰下降，自然精神充足。承詢將歸故鄉，此計甚得。現在嘉湖尚爲寇踞，金陵老巢未傾，似宜緩緩歸也。中丞擬著《同治中外一統輿地圖説》，老兄大可任纂輯之勞，附名卷端。《肇域志》爲亭林先生一家言，不必代修。知雲溪先生再過尊齋，伊脈理甚真，若開方，即須煎服。貴恙除痰鬱無他故，早治當不發狂。今日伯符方伯亦譚及，中丞深以爲念，囑轉致閣下，善自調攝。老親弱子，客中賴我兄一人，事蓄慎勿任意也。此請侍安。弟文蔚頓首。

二

世兄來，讀惠書，沾沾以病爲慮，是尚有病之見存也。弟昨視尊狀清瘦而光亮，言論亦爽利，從此悉心調攝，不數月即可復元，萬勿過用思慮，著閒氣爲要。如府庭世世積善，而閣下又善承先志，讀書不求仕進，愛交當世賢士大夫，輕財好義，當此大難之際，所在富紳巨室，流離顛沛，眷口不全，往往皆是，我兄獨能奉母攜妻子，抱遺書遠適東郊，與弟等結新相知，天之報施，未嘗不厚。來書謙抑，自謂中材，尤徵盛德。四世兄患瘰癧，亦可請雲溪先生治之。致邵子齡書頃始拆閲，纏綿悱惻，具見性情並無謬誤。不過閣下甫强仕之年，遽爲托孤之語，雖達人之詞，似近衰颯，豈病後氣弱使然耶。弟俗事稍多，頗非所樂，然舍此間即無吃飯之業，未免又遜閣下一籌耳。

洪子彬　魯軒

（六通）

一

老伯大人侍史：

鶴城揖别，忽忽年餘，每憶德輝，榛苓增慕。自台旆遄征後，彬亦旋作皖遊，常思布函，敬叩起居，不徒罕遇麟鴻，而浮雲踪跡，亦無定所，至今缺如。晤子密年丈、李公壬叔，時一詢問譚祺，均以久未通音，不知仍寓海上，抑或徑歸海昌。至春仲，鄭棣仙兄自滬來晤，始知台從已去枌鄉。即維侍奉曼福，纂述宏富，至以爲頌。

彬才識淺陋，所學無似，去秋蒙李眉生師留充記室，碌碌因人，毫無善狀。回憶進見時，每以學行相勖，雅意諄拳，慙負多矣。近日宦海風濤，傾險萬狀，飽歷備嘗。相與往來，又無篤志力學之士，殊大辜乎千里訪友之心。而彬疏拙性成，不喜作逢時態，亦不欲鬱鬱久居於此，准擬涼秋假旋，將省親於漢皋，藉以復理舊業，一編墨守，終勝於作賦登樓也。

梅村先生去冬挈眷歸來，不時相見，頗得教益。存之師乃寓皖中，現應宫保李公之招，節前當來寧。子進兄天姿卓越，爲儕輩所莫及，奉其太夫人僑寓金陵，一切猶安。唯其兄子齡已作古人，而家計甚窘，米鹽之事又復縈懷，將不能一意於學矣。劉殿壎孝廉學識淹通，寓皖時過從甚密，去秋一病不起，賫志以殁，殊堪憫惻，從者聞之，當亦不勝人琴之感。張廉卿先生聞仍主講勺庭，曾通問否。翼甫兄及諸世兄才地素優，學業當益精進。

貴郡小試舉行否，想已均賦采芹，轉瞬秋闈，驊騮開道，所向無前，可爲諸兄券也，預賀預賀。莫子偲年丈前奉檄采收鎮、揚兩閣官書，往還千里，搜尋數月，欲覓一斷簡零縑以爲閣本靈光，卒不可得。唯上海郁氏家藏頗富，宋元佳槧不下數十百種，謂爲難後所僅見一海内之巨觀。彬則謂尊藏書籍連雲充棟，巋然猶存，亦未付之兇爐，當可與郁氏爭衡，惜攜至鄂者又非全豹。而彬困於章句，并不獲作平原十日之請，倒篋傾囊，一爲展玩，寶山空回，徒呼負負，至今猶覺歉然也。不知錦旋後古籍又復羅致幾何，浙東藏書家曾否遭厄，文瀾閣藏本尚存一二否，均望一一詳賜示知。

舍下舊藏，一炬而空，春初家二叔奉先大父諱旋里營葬於塵穢中，搜得麻沙本《通鑑》一册，前後均霉爛，此僅存者也。今宫保在此開局校刻五經、四子書讀本，周曼雲先生主之。沅師所刻《船山遺書》，亦將次竣工矣。陳氏渤海藏珍石刻聞尚未燬，敬求檢其拓本之精工者見寄一部，是所至禱。手此佈臆，敬請撰安。愚姪洪子彬頓首謹啓。

二

日前厚擾郇廚，快領椝教，感謝之私，今猶耿耿。錢票四紙，當爲代付手民。《蓬萊閣詩》上册已付梓,月内亮可告竣,下二卷樣本呈閲。昨從舊書市中見《劍南詩稿》一函,據《簡明目録》當有八十五卷,此只二十二卷,卷首僅劉辰翁序一篇,並無《總目》,各卷俱有子目及選刻序跋,疑有殘缺。若《放翁詩選》則只十九卷,不知近人所刻《劍南詩選》與此卷數相孚否。祈一一示知。

三

日前快聆榘教,不勝欣幸。《蓬萊閣詩》上卷已刻竣,樣本一二日可呈上。據云楊利翁遞到陳公遺詩二章,囑爲附刻。或即接刻,或另編補遺,均望酌示。手民欲取刻資,望先付青蚨五貫,餘俟送樣本來再付可也。友人托購《書》《易》二經各兩部,價賫上,前次二部價,附乞察收。《詩經》亦望帶五部來。印價批示爲荷。

四

前承示復,敬悉一一。《劍南詩稿》係汲古閣刊本,因誤記克莊爲辰翁,此書殘缺太多,未買就。承賜閲元版《書傳》,與舍下舊藏本頗不相同。祝刻亦佳,惜無暇爲檢校一過,亦一恨事。《書》《易》二經,前於家信中亦曾提及,倘皖垣有人借印,姪當附印一二部。朱世兄月杪挈眷往蒲東去,日後來漢,當囑趨詣。《書傳》奉繳。

五

頃奉手諭,敬悉一一。校刻《蓬萊閣詩》本出自老伯闡發之至意,姪以鄙務羈縻,并未任讎校之勞,已覺歉然。乃諭列賤名,不敢如命,陳公有知，恐亦起濫竽之誚矣。題跋用尊名，較得上册後三葉似須再刻。此册繳上，仍有一二可疑處，已批在格上，不知是否，祈校正示知，并將原稿帶下一閱。

六

日前奉到手諭，詞恉肫摯，感慚交并，重違尊命，未敢堅辭。第昨接皖信，知陳公亦甲辰年丈，與家叔曾通往來，跋語中“先生”字樣，擬作“公”字，“涇縣”擬作“漢陽”，賤名上擬加“年家子”三字，不知於例式合否，否則仍從原本，均祈酌示。《蓬萊閣詩》錯訛頗多，臆揣數處，伏乞校正賜知。下二卷亦欲細檢一過，祈將尊處鈔藏副墨，擲下一閱。利叔先生處擬即往拜，可以同校是集，望爲先容。

邵順年　子齡

(九通)

一

姪自去歲孟冬接讀手諭,至今未覆,緣賤軀患病,不能作稟。現雖就痊,究未復原,不幾兩月之久,竟成肝風。偶用心力,即行覆發,治之不效,恐爲痼疾也。恭稔獻歲以來,侍祺增福,履祉咸宜,曷勝額賀。前蒙厚賜書籍,均已如數收到,感謝。五中并承訓以讀《四書》《詩經》,從此入手,《詩經》先看嚴氏《詩輯》,閱之竟恍然,目前至此方知篇什雖重復數章,其中深淺不一,喜怒哀樂,各有踐次情境。一詩是有一詩氣象,風土厚薄,盛衰各異。迴思前年伊先生設講舍間時,講論《詩經》,猶是隔絶。今記憶講説,細玩篇什,爲人之道、學問之術,於此最近也。《小學近思録》前蓮緻先生帶出一部,每日參看數葉,實與《四書》相表裏,閲後始知《大學》《中庸》不甚難懂,但細脈總須看《或問》,方曉深藴之處何意。桐君老伯所刊《四書》,未見《或問》附後,然所費無多,諒已續刻。記得家父舊藏《四書》,但有《學庸或問》附後。又見伊先生購得明版四書,亦只有《學庸或問》,式樣與仿宋刻較大。古文近讀沈選《唐宋八家》,時文惟看《明文小題傳薪》爲佳，作文從此入手，較爲近易。皖城博學賢士雖多，苦於皆有職守，不能講論。舍弟去歲附學程氏，先生乃安徽人，文字喜改考卷，但其根本未清，今年謀另尋師傅。最要開講爲先，不惟讀書有益，於爲人之道可冀明白，否則年齒愈長而愈難矣。姪亦須覓師講論，爲學總要引導之人，入路較易。惟恨遠離函丈，不得親炙左右，堪爲悵悵。既蒙寄贈經籍，敢不悉心玩索，以荷厚賜也。更求時賜誨言，以開茅塞爲幸。

二

久不得誨言，深以爲念。十一日接利叔丈信，得悉上侍萬福，履祉安燕爲慰。海曙老伯竟一病不起，聞之痛心無似。憶姪處非其爲之，轉輾託人，言於李中丞，安得一見中丞而之皖也。聞有遺書永訣於老伯大人，而亦有念及於家父者，殊令聞心尤慘然。憶及家父，竟不禁愴然一哭。家父究不得信，趙連不知所遊，計已一載，適逢疚病而爲之扶持者誰歟，思之悲徹心骨。前月杪得上海回信，云棣選姊丈已回雙林，俟到申囑渠來皖等語，諒不至僞言。伯平老伯月初得信，爲仲仙先生校刊《小學》《庭訓格言》，《小學》必得吴《集解》本互勘，囑姪留意書肆。奈皖省舊書甚少，或漢口可得，敬求飭詢書肆爲望。寓中自母親以次，均稱平順。惟家母每盼從如信不得，因彼由上海轉寄，常不得達聞。漢口有廣東信局，已囑彼從老伯大人處轉寄，必無不達，如有信來，乞賜遞是荷。近日姪以"讀、寫、坐、看"四字，立課自勵。迴思安坐而食，目前無饑寒之虞，不思發憤讀書，何以爲人。前逢顛沛流離，奔波碌碌，求得一安閒時日而不獲，今幸以中堂培栽，老伯扶持，不思得之之難，飽食而無所用心，何以對中堂，何以對老伯乎。又思家父平日不敢閒暇，惟以書不釋卷，習勞如此，今不思爲切己事，乃泛騖紛馳，幾何其痛改積習也。恭肅此稟，特託從如令兄伯興順帶，敬請福安。

三

久不得誨言，深爲悵悵，恭稔上侍萬福，起居吉羊爲頌。近日頗聞警信，離漢口不遠，未審尚不驚皇否，念念。昨接伯平先生信，并寄贈所刊《庭訓格言》一册，字樣刻工，與家父所購較爲精雅可愛，未識尊處尚有此書否，或有便時寄閱。杭城果未克復。吴雪翁已赴衢否，深以爲念。兹因洪琴翁即欲封信，不及多贅。

四

二十一日接到十一日所發手諭，謹悉一切。承念賤恙，并賜《孝經》十册，謝謝。賤軀現已復原，飯食如常，始知讀書深可以養身也。所示書法，玩之不窮，曾送錢太老伯觀之，亦甚欣羡，擬合爲四幅以垂左右，堪雅趣也。姪現購得《玄秘塔》一册，而非所好，向習字《顔家廟碑》，皖省竟不可得，且所購《玄秘塔》亦非佳者也，深爲悵悵。雪翁未識已回漢口，前赴三衢，念念。姪意浙東一帶均已清平，最好爲自往尋訪，惟以資斧不費，且以中堂延請涇縣洪完之先生課讀，同學周子夫先生世兄、吴績先翁世兄、洪世兄現已啓館，勢不能如願，冀以浙東肅清，家父當自逸出，早日相見也。陳梁叔詩聞說不多，月外諒可蕆工。老伯當此時猶好刻書習字，真好學入深而無倦也。錢宅信物均已送去，并來信亦送閲。棣選家姊丈，已託人由上海專足至雙林接出，恐彼患瘡甚，一時未能行動，不得到滬，大約三四月間可得至皖相見，承念附聞。存之先生常見談講一切，最得動人心，出示抄録家父古文十餘篇命抄存，當亦另抄一册，容後奉寄。

五

日前接讀手諭，謹悉一切，因彼時正在病中，不能作稟，令舍弟代爲稟覆，想已收到。敬維上侍康祥，福躬迪吉，定符臆頌。昨日接伯平先生書，并見賜《庭訓格言》二册，亦有寄奉老伯一册，并書一緘，兹逢妥便寄上，乞察入。聞諸世兄及翼甫兄閉門讀書，文章均已成進，欽羡萬分。以姪輩雖謂讀書，惟自覺優遊，終不得稍進，何能冀其成耶。又可恨者，日與葯爐作伴，二月有奇，今雖痊可，奈心力大減，讀書寫字，不得復初，深爲悵悵。所幸家母以次，均稱平善爲慰。前日蘇厚子先生大世兄來省，帶得家父二十年前所作古文，與存之先生抄録者，共計數十篇，抄就當奉寄一册。伯平先生來書，云得丁松生先生在上海書，云杭城瀚海堂書坊周姓，在留下收買書籍，其間頗有家父筆跡，惜多是殘闕，内有《忱行録》二册，是癸卯、甲辰在都日記，都是勵學立品之言。擬函致丁松生先生代爲取歸。梁叔詩集未識已刊成否，念念。

六

十八日接讀五月二十五日所發手諭，并五月十一日一緘，及致存之先生一函，欣慰《禮經通論》尚能復得，雖移下卷，而得家父一番論禮之旨，呈閲中堂而有欲刻之意。家父古文相集共得三十五篇，今已抄就，因中堂留閲，亦擬選刻，兹復另抄，遲日寄楚。銘齋先生，可感可銘，流離之境，猶能貽人筆墨，此豈姪與舍弟所獨感激也。謀爲出鄉之計，引之甚易而置之爲難，孟英丈許爲設法，欣慰不盡。昨晤子密丈，言及銘齋先生，亦謂幽貞苦節，而有人設法相引出鄉，彼得仰目一見天日也。聞説子勤先生現已赴滬司忠義局事，未識先有所聞否。於此時言氣運，姪處頗爲順適。棣選出險，不日得見。親戚中凋零之後，猶存袁氏母女二人，現隨棣選到皖而得其養，家母心中稍爲解愁。而家父究無音耗，惟隱憂莫釋，何天之運，倖生姪儕也。憾憾。浙中軍情，旬日未聞嘉語。特駐兵於富陽城南，迴首家鄉，深堪隕涕，以姪處之浮雲異地，他日不知何以結局也。此處惟存之先生爲道真實，於姪處尤爲闢切引導，常使人觀感興起，潛移默化，深以爲感。皖城雖多賢士，而不以干禄求名之心爲心者甚寡矣。

七

伯平丈前有信來，《小學童蒙訓》《温氏母訓》，十月下旬俱可開刷，俟刷成當即寄楚。曾九帥近日謀刻《船山遺書》，中堂已函致淮安，請伯平丈來此，共爲校書，尚未有復，不識果能來否。家父筆記，松生丈業寄淮安。伯平丈擬即付刻，來信不詳，未識何人助資。《張楊園年譜》松生丈欲再重刻，均不知果否。如果刻，伯平丈不能來皖矣。聞諸世兄及翼甫兄在書院用功，竿頭日進，欣羡之至。小姪近日以來，昏昧如故，惟舍弟文藝，稍勝前日，差堪告慰。皖城新刻《敬敷書院課藝》，兹奉寄諸世兄一册，乞檢入是幸。

八

十二日曾發一函,諒已察入。兹奉到十月十三日所發手諭,謹悉一切。恭稔上侍安康,旅祉迪吉,欣慰下情。所託壹是,當爲留意,如有聞見,即先奉達,決不有負遠念也。伯平丈不果來此,《忱行録》刻資,松生丈任之。頃得伯平丈信,日内將可抄成付版。古文三十首,及《禮經通論》上册,亦另抄一本寄去。是書中堂允爲付刻,近日不聞題及,亦無可申説也。日前得紹信,知余蟾粟表兄於今年四月得離虎口,出於望外。意者家父或有相見之日,未可知也。静翁作古,不勝憫惻,流離至此,深堪痛心,家鄉有望,當早作歸計耳。兹有懇者,諸世兄在書肆,便中見有《前後漢書》,乞代爲留意,姪欲購一部,假警石先生所校精本謄録一過,以便誦讀。如湖北價昂,可無須矣,且俟此處見有,自買可也。此處《前後漢》,不過二三金之數。

九

十一月十二日、十九日曾發兩函,未審收到。十一日接到十一月十四日所發手諭,謹悉老伯大人歸思頓興,開春即欲起行,道出皖江,得晤鈞顔,親聆訓示,不勝幸甚。此行果爾,姪亦擬隨奉板輿同歸故里,順訪家父蹤跡。杭城得復,固其幸也,如未奏克,姪亦決此一行,家母仍令舍弟奉侍在皖,且俟浙中安妥,再作歸計。此次可否隨行還里,出自俞允,諒不見卻也。望早爲示及,銘感不遑。警石先生不意於前月二十日仙逝,可勝悲痛。皖中雖爲人文淵藪,而欲如警石先生者,亦不多得。在彼固爲福壽全歸,而在後學實喪師資。遺有《史》

《漢》親筆校本,現在淮安漕運欲刊《史記》,伯平先生令抄録前往校訛,姪受此役,大約數月始可抄畢。諸世兄書院用功,諒必日進。姪日前托購《漢書》,未知有否,如尚待購,現可無須。兹另託人往祁門代買,聞彼處舊書頗多,價亦甚便宜。昨有祁門來者,購得吴刻《資治通鑑》全部,無損,價只六金。兵連歲荒,書籍誠爲無用之物矣。附寄莫子偲先生《唐説文箋異》一册。

邵順國　子進

（五通）

一

前月二十五日，接到前月初三日手諭，并衣包一件、書二笈，均已收到。極承厚賜，實銘感不盡，惜姪之愚鈍，難采伐於其中也。皮襖一件，蒙太伯母大人贈於家母，家母殊屬不安，命筆叩謝。二十七日又接十月二十九日託方存翁寄下手諭，深悉一切。敬稔上侍康泰，履祉吉祥，爲頌爲慰。家父杳無信息，趙連一去不返，道途遥遥，不知若何。申江魚雁久疏，如秦越相隔，信易去難返，奈何奈何。家母瘡痍，業已收口，家兄忽患熱症，幾爲醫藥所誤，幸遇涂姓孝廉爲之看視，現已稍好，惟不能起床耳。承誨以看嚴氏《詩輯》及《小學》、《近思録》，姪於朱子注性相近，而嚴氏《詩輯》覺爲太早，現將朱子本注細玩一通，再看嚴注也。祝刻《四書》，未刻《或問》，殊爲可惜。家父之《四書體例》，姪亦不能記也。餘不多贅，再俟家兄疾愈，即當奉復。

二

日昨接誦四月十五日手諭，謹悉一切。數月未曾發信，因見魯軒致琴西先生書，云老伯大人已買舟江右矣。恐寄書不達，是以未曾作稟，荒昧萬分。敬維侍祺康泰，履祉咸和，定如下頌。浙東肅清，省垣依然如故，家嚴仍無消息，日夜以思，無一善策，如韜跡深鄉收復之後，亦可出坎，何以兩載以來，寂無影響，天心既不可料，人事誠不可測，爲子者，安坐而食，真犬馬之不若也。棣選姊丈業已抵皖，家母以次，均稱有喜。家兄忽患熱症，自三月中旬發熱，至今未退，延伯勇先生看視，現覺稍好，惟不能作書耳。姪靜心讀書，於時文稍佳，於學問則無所得。聞翼甫兄、五世兄詩文頗佳，遠誦清風，殊深欣羨，惜不能一堂共敘，臨風拜讀耳。伯平先生魚雁久疏，前寄下《庭訓格言》一册，可愛之至。《小學》未曾提及，諒未刻成耳。祝桐君先生已赴滬，其刷印之《書》《易》，諒必可購，前賜下《易》《詩》《書》，紙張甚佳，可藏而不可讀，良可惜也。梁叔詩集如刻成，諒必有賜。今買得李、杜詩集二部，甚可諷誦，惜板不佳也。存之先生時時奉教，博學古道，宛然可親。皖中軍情，不得聞見，亦無有動靜。草肅不恭，敬請福安。

三

前疊發數書，諒均已達覽矣，而久不接回信，未知貴恙業已就痊否，日夜焦思，記念萬分。敬維福體安康，履祺迪吉，曷深頌禱。前接笠丈書，云知尊處業於四月十六日返硤。此時仍住硤鎮，抑遷居濮水，房屋尚存否，書籍未燬否，便中均仰示知。姪自家兄去後，毫無善策，家嚴仍無消息，思之痛心。日後光景，不知若何，依人籬下，究非久計。幸家兄在杭忠義中，每月可得薪米之資。現節相令家兄迅速回皖，家慈意欲俟家兄回皖之後，秋冬間挈眷回杭。杭州並無田産，所欲回杭者，亦區區思戀故鄉之意。回杭後家兄或謀得一席，可以棲身，雖布衣菜飯，亦足適口，姪亦可尋覓一室，静以讀書，良甚便耳。鄙陋之見，未知長者以爲何如。金陵克復，真古今痛快之一事。頃寄上奏稿二本，足供青覽。湖州孤城難守，諒亦不久矣。伯平丈《小學》已刻成，極工雅可愛，未知已有奉寄否。姪不能讀書而好買書，自家兄去後，又買得書十數種。餘俱尋常之書，獨有汪刻《毛詩傳箋》一部，頗覺愛人。此書未知尊架有否，如再得當購一部奉寄。魯軒在此買書頗多，而好書亦少也。

四

頃奉手諭并寄大著一册，謹悉一是，恭維福體康泰，道祉綏和，定符下祝。姪不才下第，分所應爾，惟自九月回寧後感患三陰大瘧，日久不愈，冬至後加劇。近日稍有轉機，伏讀經著，頓開茅塞，囑轉呈曾爵相，容俟檢人鈔呈。長者既遊寓吴門，何妨作白門之遊？藉可進謁，能於秣陵近處設帳一席，則姪尚可請益。病中委頓異常，不能多書，容再修函。專復恭頌著安，伏乞賜鑒。

五

疊奉數函，均未知達覽。想此時貴恙諒必全愈，偷喜不堪。前奉上家兄一函，未知已託人寄去否。此時又有一函，懇求轉寄。屢次瑣瀆，負罪不堪，乞恕之爲至禱。頃奉上莫子偲年伯所書條幅，望檢入此物。前寄至漢口，因尊處業已返滬，是以寄回。懇賜之書，未知若何。如有刷就者,祈多賜幾部,可託威林密委員李樹翁帶下,必無誤也。桐丈《孝經》,要者甚多,未知能借其板刷否。如可刷,姪擬刷數十部,因要者多也。貴恙雖愈,但未能復原,務祈隨時珍攝爲禱。王福來皖,又蒙賞給盤川,寔感謝不遑,此真結草犬馬之所不能報者耳。

張王熙　欣木

（一通）

久失瞻仰，時從顧師處略識近狀。今春二月杪，熙由蘇旋申，師已來函，補刊題詩見付。即從王新丈處取到詩版，以原寄樣本意校數字，而所囑梓人仍未能細到，亦熙之粗疏故也。兹先寄奉二十本，如再要尚有，可下取也。顧師及王丈處各寄去十本矣。顧師有一函奉致，所云尊意補刊沈南一師所撰《蓬萊閣詩序》，俟覓得其稿，即可如命耳。家叔在此間尚稱心，足紓遠注。熙客居守制，毫末無足述者。吾丈著述日富，可郵示一二否。

李文杏　實盦

(二通)

一

前日舍姪到府,諸多動擾。旋里後擬即赴平湖,囑筆致謝。不既惟嗣後機緣,仍望閣下留神於萬一也。譚第清吉金安,人日來想漸見安適,不勝臆頌。古錢拓本,子簡兄近日動手否。洪氏《錢志》兩册、張氏《錢志新編》四册,可備參校之助,聊奉賞鑒。外《風雅遺音》兩册亦寄覽。即候侍安,不備。燭翁、伯聲諸君子希致聲。

二

兩接手教,讀悉種種。謝城之行,作幾日躭閣。性仁族從,果能爲甘翁許其可造,聞之甚喜。閣下邇來墨卷興致若何,去年會課之約曾已舉行否。吾城書院,自何太尊更定章程後,今年大有起色。文杏在何寓頗能無事,《漢書》現已圈畢,當覓便寄致甘翁,其原本俟初十左右掃墓至硤,乘便帶還,於時并可略談積愫也。前函學長之稱,甘翁書來以爲古而不宜於今,未知何故。今依尊命,竟從賢甥之稱。

周壽祺　筱樓

（二通）

一

寅翁尊兄仁大人左右：昨讀復書，得悉貴體小極，想亦觸熱所致，服清涼散當即解也。《蓬萊閣詩集》"畿輔"字無須擡頭，亦不必空字，注中三擡者已空則仍之，免再修版，否則提行平列。家兄日内頗受暑氣，未得奉復，囑弟轉達執事。舍親李黼翁已繫舟江干，北風起時，便當南返。《圓覺經》如不暇檢，置之可也。此等眼福，固非易易耳。暑熱，稍遲再趨候大教。此請道安。愚小弟壽祺頓首。

二

連日亟思走敘，緣接家書，俗務糾紛，是以未果。董册奉上。據弟細玩，雖非贋本，其中用筆偏鋒頗多，老兄巨眼，當有所得。其價亦未免太昂，如果欲購，俟弟爲之酌斟，老兄幸勿與若輩計量也。

三

昨夕貪涼，小受寒氣，今早是以未起，非敢高卧也。元宰手書，經巨眼審定，自必佳妙，不知現在何肆，乞示我，或先取來一看何如。弟憶前日有劉姓骨董，攜此一軸甚佳，以索價過昂，遂不敢留。不知所見者即此物否。鍾子翁信當於日内書就，由尊處轉寄。邵位翁與家兄本至好，昨讀《禮經通論》，正不知位翁消息，有無他故，便中望示知。（補抄）

戚士元　曼亭

（八通）

一

日昨辱承惠翰，藉悉侍奉康娱，諸賢郎學業日進，慰如所頌。弟家居碌碌，每念友朋之樂，輒思造訪高齋。今承雅意寵招，恐節前仍難如約。十八九間，擬同元之前來，一罄積悃。渠處尚有芝階中翰遺書，攜到可暢觀也。近事所聞略同。試事行於孟冬，擁裘入場，豈不累墜。若弟則久無名心，不願再往逐隊。吾兄既非無意於此，得不過嫌勞頓乎。南一孝廉於前月二十五日忽歸道山，古文鉅手，當今不可多得。聞其死之前日，與顧訪翁談論，自晨至晡，娓娓不倦，歸猶向瓶前吟哦成句，竟於是夕一卧而殤，惜哉惜哉。警翁表叔何時過硤海，翁常晤及否。

二

月朔接展惠書籍，悉上侍康娱，著祺清吉，欣洽頌私。均本注腳，夏間久已領命，徒以譾陋之學，未敢率爾動筆。又仄韻字面，奇僻居多，其可入文格者，不過十之三四，若專爲舉業而設，則以六經通用注之,其餘概從空格,是否有當,尊意便中示悉,以便遵行。鄉闈未必舉行。昨友人吴仲雲自省中來,據云中丞擬七月二十四日出奏,未及期而江山又報賊至,是以不果拜摺,此説伊得之蓉圃太史,諒非誑言也。拜彤、諫白兩令郎,近時心得若何,弟欲往覘所學,時時在念,重以雅意見招,輒因事中止,屢约屢爽,轉覺目前未敢輕約。若云弟本無出遊之想,則又未必然也。文從今年過禾亦稀,未識何日得親雅範,徒深渴念耳。《映雪樓書目》及書六十種,聞元之已交伯聲帶上,奉呈台閲。倘合尊意,揀擇數種,彼處未有價值,即請足下定價可也。

三

伻來,接展瑶函,敬悉侍祺萬福,禫祉增綏,以忻以慰。弟前數年忝居教席,諸荷垂青。原擬暫返家園,小作安頓,即可重聯舊雨,無如家累攖人,勢難遠出,非敢有負高誼也。日前已懇曉翁專函代道歉忱,諒蒙鑒及。子勤先生品學俱優,素有經師之望,且舉業亦其所長,春風時雨,速效可期。弟前已親往代爲延訂,渠亦深感得所也。伯聲處語,當再轉致甘泉先生,原札且留與看。近來世局太迫,大都如此,不獨吴門一處爲然,俟能者自取之耳。

四

昨造高齋,諸蒙雅愛,并獲暢聆大教,感何可言,快何可言。小春時節,倘得再續前遊,所樂更不止是。又況鹿鳴高宴,領解南中,彼時之樂,樂及同人,樂更不可支矣。墨摘一册《易漢學》一小本,謹奉台覽。零瓊碎錦,不稱大雅,剪裁倘不合用,務望便中擲還,不付他人之手是幸。子勤先生適赴魏塘，書中云云，業已領悉矣。委購《小題》、《文館閣詩》一并附去，乞照入。

五

前誦惠函，具悉侍奉康娱，興居暢遂，慰如所頌。文郎輩學業競進，足下近日親自督課，禮教日就精熟，并舉包季懷《毛詩禮徵》與之參解，聞詩、聞禮，二者兼而有之，孔庭傳授不是過矣。弟今年足不出户，轉爲課讀小兒，一事所縛，友朋之樂罕有得焉。墨卿四兄歸自新安，所得必有超越恒常之品思，欲爭先快覩，以未暇造詣高齋，徒存目想而已。承招過硤，曷勝神往，子勤亦有奉訪之意，俟或相約而來，快聆清談，當必增興數倍耳。韵本尚未徧注。秋試不穩，諒亦非所急急，遲日奉繳何如。

六

初七日接誦琅函，以碌碌鲜暇，久稽肅覆爲謙。警翁表叔留硤，連日論古之暇，兼及論文，聞其作傳説題，深得龍門合傳筆意，定足爲後學矜式，惜不得一見之，未識其原稿，尚留五研否。聞尊卷高列前第，名次適與令業師曉翁中數相符，師生沆瀣一氣，或即是閣下得解之先兆耶？預賀預賀。均本注脚已就大半，先奉台覽，惟是塵羹土飯，盡入搜羅，尚望明眼人棄瑕録瑜，一爲陶汰，方可應用耳。其餘須寬旬日趕緊湊成，場期諒在望後，想可來得及也。主試係潘曾瑩、陸增祥兩君，未見明文，恐屬傳訛。簾官單一紙附閱。弟自問衰朽，避舍之意已決。武林之役，不及追隨。尊齋權課，或一時未得其人，弟可躬承其乏,至多一月爲期,當仰副盛意耳。曉翁處語已轉致,恐廑雅注,特以告慰。

七

昨已接誦還雲,知《兔園册子》已邀青及。此餖飣之學,爲識者所鄙棄,今蒙齒芬洋溢,抱慙何可言喻。比聞侍奉餘暇,攻苦下帷,想文思湧泉,奎著又增少許,羡何如之。北闈題目,諒已聞之久矣。首題"吾未見剛者"五字,聖意必有所指,竊謂此題可與"仁者必有勇"對看,反射下文"欲"字。以此相題,或可冀倖於萬一,未知高見以爲何如。均本摘注,僅成三分之一,重陽恐難繳卷,擬先割其半奉寄,餘再趕緊續成,倘亦作家所見許也。《中庸》集文,商之門内,均以文繁時迫爲言。此事或可付之餘圖,將來弟當悉心爲之,亦可移令郎諸兄入場用也。伯聲辭聘,弟爲代挽再三,頃接來信,知其堅決如故。可已則已,似無庸勉强。恐廑雅念,特再奉聞。

八

久疏箋侯,時切馳思,望前台從過禾,以得信稍遲,未獲趨談爲悵。昨在始言晤組齋昆季,詢及起居,知尊体偶爾違和,此時諒已霍然,爲深惦念。三令郎已作起講,學業諒必竿頭日進,讀發蒙小品,固是引進妙法。鄙見以爲,王罕皆先生所選八編内,有"式法"一種,最是初學金針。選讀數十首,有櫟有法,讀者果能領會,當見速效,未知閣下與燭翁高見以爲然與否耳。春間交來字畫紙件四幅,一書三畫,兹一并奉繳,乞檢入是荷。襄翁諒在寓齋,即此致候不另。

丁丙　松生

（三通）

一

先生大人閣下：前以世兄喜擷泮芹，在杭面賀。闈後至元寓奉訪，知已錦旋。桂子聯芬，預頌預頌。敬維德門大祜，清恙霍然是祝。丙夏秋屢病，近尚積憊。昨邵位翁嗣君子進兄回杭，述悉其母及兄相繼告殂，見歸營葬云云。伯平丈寄到吴漕帥刊《位西遺文》，奉去二册，一册祈轉交銘齋先生。并知伯平丈又須接刻祝桐君所刊伊校《周易傳義音訓》《尚書音釋》二書，年内可成刻，檢閲前賜寄尊藏書目内，兩經均存鄴架，務希寄下，俾先快閲。外新刊兩種奉覽，祈教之。肅此，奉請曼安。晚丁丙頓首。

二

屢於高先生書中祗聞古誼，彌深景行。辛酉之厄，蹤各萍蕩，君留漢陽，丙滯滬瀆，兩度寒燠，始各歸里。仍承先惠尺素，約櫂西泠，殷殷垂注，增丙罪過。楳坪仁兄來杭之際，正丙於役嚴陵，未遂握晤。十月中返舍，又以負土禹航，稽未復候，歉歉。夫盗賊縱横之日，天道難知;重熙累洽之朝,人心自定。今先生奉板輿而還舊廬,載圖籍而付賢嗣,拾文獻於灰燼,甦殘喘於鄉閭,如斯至趣,足起清痾。丙覆巢之下,寸心茅塞。前以《楊園年譜》呈宫保,宫保夙所欽仰,割廉四百金,命丙監修祠墓,或者轉機學術,是所欣然承命者耳。伯平先生時通音問,明春定約南旋。位西丈死事已確,招盡閔察。遇羹先生從子逸出兩人,均足慰念。銘齋先生主講高齋,敬仰莫名。餘俟明春赴桐之便,捻當摳謁,衹聆道誨。先此布請著安。

三

前承惠札,適尊紀匆匆復命,丙以郎君就試將來,未及裁答。又奉致家孟之書,始審使者訛傳,丙未在杭,辱勞竝念,歉與感深。令郎世講枉過,敬悉道體沖和,近詣益粹,欽仰何如。《楊園年譜》遠過蘇纂,容當録副,奉歸鄴架。聞尊藏圖籍不惹燹灰,東南文獻,關繫匪輕,何時買權卜鄰,晨夕假閱。伯平先生正月八日通信後,不得隻字。吴仲宣先生有兩粵之行,側想先生斷不偕往,或因書局料量,有稽筆札,殊增念耳。委訪寓盧,近水者頗少,特不知所需若干間,最好貴友中先來一人,擇仁而定,丙當代爲前導。能琴劍攜杭,得以追隨,欣辛之至。

李葆恩　詠裳

（一通）

寅昉仁兄大人閣下：久睽芝宇，時切葭思。前月下旬寄奉一函，并南一所撰梁叔詩序一首，想已早登記室矣。兹奉繳拜彤課文五首，草草點竄，乞檢入之。弟於前月杪就館岳州，筆墨之外，頗有餘閒。城内居民寥落，滿目荒涼，惟岳陽樓可攬全湖之勝，暇時嘗往臨眺，洵大觀也。利叔信中述及兄處有梁叔己酉以後詩，確否。序文刻成刷印後，祈賜一部爲感。再舍弟來信，説及《南一文集》印本已無底稿尚在。去年，吾兄曾説及有重刊之意，刻否。如有興重刊，可將原稿寄奉。是否乞賜覆。專此奉佈，順請著安。弟李葆恩頓首。

汪曰楨　謝城

(一通)

久隔芝顔,時深企謌。去年台旌來越,適弟以營葬回鄉,未及晤談,益增悵悵。辰維道履勝常,大著日積,爲頌爲念。弟頃復回湖一轉,近方到越,俗塵奔走,殊尟佳況。先妣遺集,重刊甫竟,今送上一部,計二本,祈察收是荷。兹有懇者,弟向有《華嚴經音義》抄本,陳湘葵兄經手售與尊處,現弟處副本已燬,意欲借尊處之本,再録一副本。如蒙允許,祈交戴慎庵,設法寄交沈丹卿兄轉交,録畢即繳上無誤。

李同壽　蒼雨

（二通）

一

許久不通音問，想文祺安吉，第祉清佳爲頌。先子所注《朱太史詞集》，現爲友人補刊告竣，舍間尚存二十餘部，可否于貴相知中代爲分售。尚有《説文辨字正俗》八卷，將次刻成，《七經異文釋》、《春秋三傳札記》，刻在《別下齋叢書》内。《詩》《書》《易》三種板片，僅存十之四五，萬難補刻，如有講求經學者，可將板片奉送，希留意焉。先著不下二十餘種，俱殘缺不全，不能盡爲補刊，殊自愧也。

二

頃尊足至，接讀大製，欽佩無似。特命兒子謹録一通，俟賤務稍閑，息心理會。當與諸同人共讀之，序文如列賤名，俾傳於後，何幸如之。

何國琛　白英

(一通)

昨日鴛湖放棹,得馬當風助,薄暮即抵金閶。自維固陋迂絀之身,過蒙雅重,情文兼至,感奚可量,揖别匆匆,殊增依戀。前承賜讀《先太夫人行述》,欽佩莫名。歸舟忘帶,疏漏難安,尚祈惠寄一册,或以不文導揚一二,略盡區區之誠耳。頃間伻來,展誦手教,謙獎溢分,令人慙感。紅葯清麟丸拜領,謝謝。紅葯方平和中正之品,大可流傳,自不必秘。可見凡物之有利於人者,無須驚奇也,即此益徵足下擇術之精矣。委帶信件,到京分送,羹梅同年與小兒同衙,其地址易悉。弟此間小有勾留,初九日準行。倘家慈南歸,則廣厦之庇,實所欣幸,容再奉達。

陶紹源　錐庵

（三通）

一

仁兄大人師表：頃楊紀至，奉到手教，悉一是。《書經》弟時繙閲，愛甚。子城當面致尊意，如彼可緩，仍留弟案亦無妨也。來《四子書》當即飭力送去。兹託刷印《四子書》及《書》《易》兩經者頗夥，如開印之時，祈爲多刷，弟即合齊數目奉報。前晚在方伯座，陪荇翁、金逸翁、倪豹岑極談時事，滬皖無甚所聞，惟賊分股上竄，其意欲牽制東南之説甚確。前日送上夢丈函并《葬書》五幀，想已收到。昨接子偕信，知其丁外艱，前所轉求筆墨，恐須時日矣。專佈，請侍安不備。弟紹原頓首。

二

去腊二十九在厲方伯案上，見中丞抄來曾方伯札，云崑、太、常昭已復，係投誠，是接富某札云云。又來信云，蘇州於初四克復，尚未確實云云。荇翁令弟小樓從營中暫回，欲看尊藏蔡、蘇兩公書。荇翁囑足下能攜之至彼聚談，且可知近日軍事。小翁不即奉謁者，恐有客來，須酬接耳，以紹原與足下稔，故囑致意，想不以形跡論也。觀畢即趙，不留彼齋。又拜。

三

寅昉仁兄大人我師：

昨接手翰，悉查出所諭。《易》《書》將刷，但不知《四子書》印否。然諸君見之即要，過後即忘，弟亦不能家喻户曉，逐一斂錢，只好任之可也。惟汪梅翁昨顧小齋，云及要《易經》一部，其《啓蒙》不必印在內。皆渠所囑，未知可否，該印價若干，便祈示知，覆彼可耳。我省克復之説，所聞已久，但未見明文。海寧、嘉興，未有所聞。專此，順請侍安。弟紹原頓首。

再啓，弟云不能逐一斂錢，非過激之言，特不善措辭，覽之似覺語不圜轉。但要者皆隨口答應，俱一二部者，且要《四子書》多。此無統一之故，況皆貴公子居多，再三詢之，似若有所利也。又拜。（補抄）

宗景藩　子城

（四通）

一

先生尊兄大人著席：手示誦悉。前惠《四書》，業經轉呈中丞，命爲道謝。《鄂省全圖》，俟刷印奉上。今承示印書工價，當詢明再行奉致。頃有滇南喻芳余州牧懷信，爲中丞延入幕府，欲究史學，囑向尊處轉借柯奇純《宋史新編》一部，可否希示下爲荷。手泐，即請道安。愚小弟宗景藩頓首。

二

正初委送渭帥書籍楹聯，即刻轉呈，極爲贊歎，囑爲致謝。翊日將名片并書價託友擕呈，知承察入。弟俗事羈絆，未遑修謁，深以爲歉。乃荷令郎坦世兄連鑣枉顧，尤可見惠愛之真，銘感無似。昨由錐庵兄交到見贈《四書》一部，尤感之。感弟家藏數千卷，庚申之變，盡爲祖龍收拾，目下案無一册，心目皆盲。素知先生富有曹倉，擬假古書一二種，藉以澆胸。能有歐、蘇文集最妙，否則隨擇古文，只須卷軸較少者，便於尋繹。書痴借書，譬之寠人乞食，先生其有以饜足之乎。

三

中丞前假《肇域志》,已照抄一部,命以奉繳并道謝,即希察收之。明年將此書校刊,亦未可定也。正在修書,中丞適來,囑言奉候,並云漢鎮斷無所妨,且賊已向西北回竄,請閣下安心鎮定。中丞於我公極爲關切,斷不相誑也。如賜回音,請提及中丞,謝其關注,以便轉呈。附繳《海隅圖》一幅,祈察入。

四

外舅遺著彙刊成集,奉呈一部,以供披覽。尚有采輯乾嘉以後各詞集二十四卷,名曰《詞綜續編》,剞劂甫成,校勘豕魚,冬間刷印再寄。

邢世銘　子膺

（一通）

世銘僑居揚州城南荷池（舊名“一片南湖”，爲邗江十景之一），老屋數椽，臨流倚郭。庭前錯置松石，爲奉母讀書之所。去虹橋里許即王文簡公觴詠處，故城西煙水，隔江山色，時在几席間。經亂廢爲墟矣，因囑友人作《南湖草堂圖》，感舊以悲今也。久仰經術湛深，詞翰雙絶，送呈素册一片，敬乞著餘賜題，不勝感幸之至。

許溎祥　子仲

（一通）

久疏音問，殊切馳忱。兹啓者，余右軒太史，家兄丁卯同年，昨有書來，云欲向尊處刷印徐批《外科正宗》，囑弟介紹一言。伏思此書刻成，正值兵燹，先君意欲多印，以輾轉遷徙，無暇及此。迨板歸尊處後，聞所印亦不多。今若翁能廣爲刷印，流傳海内，俾業瘍醫者知所準繩，亦救人之善舉，與吾兄重刻之本意亦合，想尊意亦以爲然也。弟株守省垣，勞形書局，一切如舊，並以附陳。

吴元禧　葆山

（一通）

前次布呈片語，緣勞人草草，未暇裁箋，惶歉奚似。昨奉環章，備承錦系，就稔吟祺戩穀，譚祉延釐，式符心頌。閣下情波澄月，心岳干霄，讀書等身，著作盈篋，以未曾識荆爲恨。將來秋到西湖，尚望文從鼓武林之櫂，與邵蕙翁諸君同探巖桂何如。新正返里，與許辛木家表兄談及《外科》一書，知吾兄解囊付梓，即是濟世善端，佩甚佩甚。邇來聞尊處所梓書集甚夥，可否分惠一二種，以廣見聞，不啻聆子雲之説經鏗鏗矣。近來襄翁錦囊佳句，想已裒然成集，賢嘉唱和，健羨莫名，敢乞代致拳拳是幸。少珊書已加封寄去矣。

卷四(第四册)

吴觀禮　子儁

(二通)

一

尊兄大人閣下:

昨承掃徑開尊,縱談今古,快慰積思。並不以寒具客見棄,紛羅寶墨,剪燭同評,受教多矣。還寢舟中,彷徨不寐,寸心脈脈,猶在雙鈎名帖中也。《北平集》既以藺相如自任,使弟有以報外舅之命,幸甚幸甚。曩爲閣下丐書、丐詩,實以此爲媒也。《忠義堂帖》賴秘笈以存,適因倩鈎,不獲見原本,猶覺悵悵。倘得子簡兄爲鈎《爭坐位稿》《麻姑壇記》《東方贊碑陰》《裴將軍詩》四種,異日當以家外舅所臨漢隸一碑爲報。鈎本請用油紙,恐轉輾影搨,易失真耳。昨宵談次,閣下謂於詩尚可自信,固已撝抑之至,然鄙見以爲"自信"二字,尚不宜輕出諸口,蓋業可自信,則人不復贊一辭,切劘之路塞,而標榜之徒進,其欲知不足也,難矣。即如大著《蘇臺》四律,首句"堯天禹陰堯","禹"字似可不必用"我庚寅"句,亦似未愜"春前"可用"先春""幾日春”後用“越春幾日”，便覺生澀，音節亦微嫌不諧，刊行在即，願再推敲。弟賦性戇拙，嗛於心即不能默。倘逢錢宗伯，當不擯爲隔墻一樹，尚望鑒而恕之。《書》曰“滿招損，謙受益”。邵比部丈一生即坐自信，故未能昌大其學，所著《尚書大義》，今古文不分，無人匡其疏漏者，自信太深也，願閣下察焉。拙詩一首，弄斧班門，弟本未學詩，又廢三載，近始偶爲之，幸勿厭棄狂瞽，有以教我。橋低礙舟，復回禾郡。浪打船脣，窗几震動。草此奉謝，不復成字。即請著安，並問文郎吟祉。愚弟吴觀禮頓首。

劍佩縱横起壯圖，東南士氣少涵濡。幸留翠墨千編富，未共田園一例蕪。教子通經照釁序，移家負笈向明湖。鄉邦近日資文獻，豈獨才名重八廚。(此詩已見附録中，此重出)。

乙丑閏五月八日長水塘舟中寄題寅昉道兄《瀓山檢書圖》第二圖，即依外舅東洲先生題圖詩韻，奉呈吟壇教正。子儁弟吴觀禮未定草。

二

前奉復書，藉念道履清綏，臨池得意，欣慰欣慰。家外舅於前月二十四日到杭，初云三日即行，後以欲觀禮闈題名，展遲數日，遂留過節。瀕行，方伯故緩呼舟，又留一日，至初九日始解維。然日日欲行，歸心甚亟，故雖知可留數日，而不敢函訂閣下來杭，曾將惠復大意代達。家外舅云，《北平集》本吾家物，錢氏稔知之。先是，在錢氏架上見《忠義堂顔帖》，錢氏不甚愛惜。比清出假歸審定，告錢年丈斷爲妙跡，適子萬先生見過，假《北平集》去，謂可以書易帖，乃不數日，立索帖去。因窮日之力鈎出一通,《北平集》至今未見擲還也。復命函致閣下備述顛末,即錢氏知之,定不怪閣下也。弟因爲元之家書,謂閣下篤謹君子,非有以報錢氏,不敢草草作緣。外舅頷之,惟此番因右手指木强作痛,字興頗減於昔,將行時興致漸佳,而丐書之紙,坌集案頭,弟内人求者多半未書。元之一聯,尚是初八日乞得,頃特寄上。祈即將《北平集》寄交弟三元坊寓爲幸。

唐仁壽　端甫

（一通）

奉讀手書，快如面語，藉知動定勝常，羡慰無量。《津逮》一書，俟秋間至省帶與位翁一看，書雖配全，恐亦未必合意也。宋刻《内經》，須得見其樣本，方可是否。若未寓目，殊難懸定。若索價過昂，則弟又限於力耳。敝居瀕海，恐有乘槎之患，故不赴歲試，此荒謬之見，當爲大雅所笑。昨甘泉師言及尊藏王選古詩，是度翁覃溪學士評點本，弟欲懇假觀，過出一部，伏希檢寄爲感。

許乃釗　信臣

(二通)

一

姻仁兄閣下:

昨荷寵招,適弟今日持戒,又值便足赴蘇,在此候信,明日定當趨賀,并面申謝悃也。閣下學粹品端,久爲三黨所重,弟此次抵鄂,深以得識高賢爲幸。厲方伯、周侍講尤交口稱頌,謂是真讀書人,真吾鄉之英也。際兹上元甲子,氣象更新,東南軍務日有起色,梓鄉蕩平有期,我輩結社聯吟,會當不遠,千萬開懷自重,勿做無益焦慮,上慰慈心爲要。先此布覆,餘面悉,即頌潭福。姻家愚弟乃釗頓首。

二

姻兄有道:

屢承枉顧,獲領教言。兹又辱手牋,捧頌再三,莫名欽佩。竊謂好德一事,無間聖凡,"民之秉彝,好是懿德",古有明訓,特恐歧視聖凡,遂終於常人,而去聖益遠。弟從前略知向往,苦於無可就正。近讀陽明先生遺書,即諄諄以此策勵後進。閱之可以頑廉懦立,惜乎得見是書之晚也。至於人之氣質，雖有清濁之殊，而平旦之氣，人所共有，果能旦晝所好，一依於道，則夜氣常存，自然濁降清升，濁氣除而清氣大來矣。若夫遭時禍亂，旅遊不安，此正孟子所謂“動心忍性，增益其所不能”之時，執事勿輕易錯過也。温故知新，是第一樂事，弟從前見不到此，將《四書》白讀耳。與内而身心、外而事物，均無關涉，以至一生所歷艱險危疑，盡行空過。近始温習《四書》，覺理義説心，尤勝於芻豢悦口，方知從前所好訓詁、詞章，皆於我心無益，是以深自悔恨。坡詩云“下士晚聞道，聊以拙自修”。弟年已近晚，而道尚未聞，惟有自安於拙，以“毋自欺”三字時時省察懺除而已。承垂詢諄諄，輒復數行，仍無裨於高深也。荇翁行色匆匆，未知能否譙敘。弟閒居無事，惟本月十七、二十、二十七三日不茹葷而已。呵凍布復，惟爲道自重，不盡欲言。姻家愚弟許乃釗頓首。

朱嘉穀 紫岑

(三通)

一

尊兄大人左右:

辱惠手翰,深慰積念。適弟在禾,甫於近日返舍,故不即作答也。承商契券遺失,擬行存案,現在鹽城設局,清糧局中司事公正不苟。弟所素悉此事,當易爲力,容俟下月初旬趨商一是,謹先奉复。子信舍弟久不得信,悲痛常在於心,蒙念及之,益增涕泗耳。去年在滬見元和陳梁叔先生《小蓬萊閣詩鈔》,戛深思遠,所謂發乎性,正乎忠孝者,不愧養一齋高弟矣。又其生平大節卓然,詩中往往流露,故可寶貴,後見閣下與當湖顧訪翁書,并所刊樣本,知已付梓人,海内快覩,不獨地下子雲有身後知己之感也。弟所見鈔本在松陵沈南一先生之子譜笙處,較所刊本得多數首。又篇首有沈序,囑交訪翁寄呈,當已增入。有便乞惠數部,以公同好。秩亭父台在澉,尊意當爲轉達。此復,敬請道安。愚弟朱嘉穀頓首。

二

仁弟大人惠覽：

接手書并譜帖一通，不才如穀，猶蒙下交，感極而涕。穀隨宦遊幕三十年矣，從未妄易一帖，以爲此性命之事，非一言契合便可締交，不敢蹈時下徵逐之習。老弟學問精醇，素所心折，將來聞過知非，益以匡所不逮，何幸如之。有弟未歸，實深隱痛，閣下以爲猶存，則竟存矣。弟兄并書一束，即請檢存，以爲左券。秩翁實丙戌生，其履歷僅三十七。三兒屢書之不忘，帖已代書。尊庚照來書作四十，庶正弟兄之稱，已加函寄省矣。銘翁相聚之樂，何如易之爲書，但求其理足矣，朝夕研思，有妨貴体，幸審度之。此復，敬請尊安。愚兄朱嘉穀頓首。

三

仁棣大人如手足：

環章頌悉。適二兒自禾回述廣文汪薇伯之言，丁松翁仍請伯翁秉筆，即須回來，諒非虛語。此可喜之事，一可悲之事，黄韻甫於前月初十日在楚北寓所作古，不特渠家無從振作，我復失一詩人，亦大減色。老伴漸已去盡，此可悲也。老棣素所心折，聞之能無酸鼻。兄近況有非從者所能悉知者，問銘齋當知。現欲爲三兒草草畢姻，羅雀掘鼠，頗費籌劃。惟有極簡一法，不請一客，不受一分，省此浮費，或易爲力。知己前不敢不告，幸勿以禮來，至禱至禱。銘齋處所，前已告之矣。有硤石教讀館，乞爲兩姪留意，近在一方，得以常聞教誨爲幸，亦可兼受銘兄之益也。布請頤安。愚兄朱嘉穀頓首。

陳作敬 湘漁

（一通）

久疏箋敬，回溯殊深。比維撰祉吉祥，潭綏安燕，爲頌爲慰。弟家居潦倒，淑狀毫無。今夏就館台州府署，枝借初安，探囊驟至，傾筐倒篋，所有羞澀行裝，除敝裘外，盡行攫去。老運蹉跌，動輒得咎，諒知愛聞之，當亦代爲扼腕也。玆有懇者，高宜圃敝本家之祖海容先生，著有陸放翁《南唐長注》，今同人擬欲參校付刊，恐原書或有掛漏之處，欲借周雪村注及已刊之黄注對校。尊藏及沐兄處二書，均望即日寄借爲感。專懇，即請著安，翹企回音不一。

曹錦堂　杏庭

（一通）

久疏道範，時切馳思。比維侍奉曼安，著作宏富，欣忭無量。昨由襄翁處交到惠書兩部，歡逾得寶。竊思元刻《詩集傳音釋》，即鈔本近亦罕見，得閣下壽諸梨棗，俾各藏善本，悉力稽考朱注，可証其異同，名物亦資其多識，洵嘉惠士林之盛業也。《葬書五種》弟在志館曾幸讀一二種抄本，每以未得崖略爲悵。今荷刊成合璧，不特闡揚鄉先輩一片婆心，抑且廣爲流傳，其悱惻動人之語，豐約各宜之法，維持風教者不淺矣。敬謹弆藏，感謝無既。

申祜　秩亭

(三通)

一

寅昉仁長兄大人妙手:

數載神交,匆匆覿面,回思又三見月圓矣。前承賜書并《海昌倭事》一本,此生平未見之書,讀之益增今昔之感。嗣讀《致銘齋孝廉書》,得瞻筆墨精神,知尊體大愈,慰慰。申祜自抵虎林,隨班聽鼓,上遊色霽,寅好和諧,靜候差使,苦熬歲月,心廣體胖,書畫詩酒,勿勞廑念也。《蘭譜》一本,仰攀龍門,尚乞惠覽。此敬時安。譜愚弟申祜頓首。

二

欽遲道範,積日累歲。山川阻深,良用馳系。忽奉手翰,乃知從者已歸故鄉,頤養咸宜,定占勿葯之喜,幸甚幸甚。弟謬領盦篆,其慎其難,地方殘破之餘,櫛垢爬癢,驟難蘇醒。方懼無以稱職,迺荷揄揚過甚,其何敢當。湖郡尚無確信,聞城外各鎮均已肅清,計當即復。伯翁近未得書,銘齋於去冬至淮依伯翁處。昨得其兩信,知伯翁春間曾有一書致弟,而未得達。聞有南歸之意,并以附覽。(補抄)

三

寅昉大兄大人閣下：

每聞高伯平翁道及盛名，久深欽慕。令親錢兄來，接奉惠書，荷承藻飾，雒誦之餘，彌增慚感。弟武原權篆，自愧輇材，惟望勁旅東來，庶幾逆氛迅掃。承示尊處書籍移往紹興，囑爲撥差護送。兹晤星海兄談及，仍附便舟前往。當與護照，并知會防海各船，俾有照應，自可一帆直達，無慮阻滯。乘便肅復，即頌旅安。愚弟申祜頓首。（補）

管庭芬　芷湘

(六通)

一

表弟先生閣下:

前接台翰,佩悉一切,比維近履佳勝是頌。所詢舍姪問渠,係倉貞四伯父之曾孫,其父三伊亦係桐庠,與伯英爲近支,芬則再從矣。至前日閣下談及選近人遺詩之読,此盛舉也。然閣下之詩,以經史之英華發爲韻語,故迥異凡響。芬觀近人之作,於登山臨水之作尚有清新可採,至於紀事詠古,大半皆非專門,良由績學未深,欲求如《東山樓》等集,難以同功也。刻下已届歲闌,正在窮愁落寞之時,了無意緒。開春融和,芬當抄擇數家承覽。連日天陰,正在釀雪,如得天晴,容當踏凍造潭,作一二日之敘也。山雨肅復,即請邇安,統希荃鑒,良晤非遥,所懷未罄。令郎均侯。愚表兄庭芬頓首。二十一日沖。

二

表弟先生閣下:

昨奉惠函,欣稔一切,比維近履勝常是頌。閣下於《易》理最明,一時無兩。但陰陽消長，即剥極而復之道。因閣下連遇邅屯，今當轉而泰順，豈有關於年命之修短哉，則固泥於爻象矣。芬暮齒之際，了無善狀，但得過且過，作寒號蟲心地，雖三旬九食，亦無所繫懷，故不材得壽耳。本欲時過尊齋，以伸積愫，奈學徒十人，課無暇晷，兼之筆墨之事委積日增，俟稍爲清理埸後到府，讀翼甫兄及令郎元作也。

三

表弟先生閣下：

天中節芬適返舍，接奉台函，知貴恙已占勿葯之喜，并悉侍祉增綏，深符臆頌。蘇集已領到，并蒙賜題拙圖，循環莊誦，韻與詞深，感佩曷可言宣。改日俟徐傳翁處交來，務求椽筆録入是幸。外又須轉求燭門先生賜填一詞也。近日杭城好作風雅，刊詩刊文以求潤者不一，而曹柳翁又蒙閣下惠及番餅，芬心甚不安，日内即交其婿錢君交去也。文宗吾郡開考，大約在十六日。芬於十三日晉省。老年尚作此生活，真爲後耄者所哂誚耳。耑此肅泐，即請刻安不盡。愚弟庭芬頓首。湘葵兄暨賓閣諸知均候。初十日午刻沖。

四

頃讀來翰，所云曝書亭著録，雖有跋語在集中，然近日藏書家皆未有傳本，如《聚樂堂藝文目》雖未於《明詩綜》注中，亦無流傳也。耑此泐覆，即請刻安不盡。庭芬頓首。

五

日昨蒙檢出《愚谷文存續編》交芬,感甚。前曾見惠《文存正編》,如閣下鄴架未藏,容即繳奉也。

六

夏間蒙囑寫《聽泉圖》,因舍間多事,胃症屢作,不能動筆,以至遲遲,歉甚。今際冬仲,閉門息静,簷日尚融,試筆作此。但有松崖丈名跡在前,實不能追隨後塵也。一笑。

張熊　子祥

（一通）

憶吴門别後，幾及半載，渴念殊深。日前接誦華函，欣領壹是，就稔興居安燕，文字吉祥，深慰鄙懷。委畫《鴻雪園圖》已告成，兹特寄奉，望檢入。園中房屋布置俱依真景，惟樹石花木寫其大意，墻外隱露寺角，以明住址之何方。弟以爲必須畫此，未識有合尊意否。蒙賜潤毫六餅，已拜登，謝謝。

陳錫麟　湘夔

(八通)

一

今晨展誦環雲,藉悉著祺,安吉爲頌。以學問爲第一義,亦不以治生爲第三義,俱能行雲流水,安之若素,不脱不粘,最爲有得之言,佩佩。日來爲問途老馬者點竄詩文,一間老屋中,吟風聽雨,亦頗不惡耳。曹君《古文原始》,贈以兩金,亦無不可。兹泐回片,即托伯英兄轉送芷翁,以了此事。見贈三作,再經洗伐,愈見老到。索弟前作,因二次疊韻之作,留稿五研齋中,尚有數字記憶模糊,到硤時再録請郢政可耳。日來頗有談文之興,又爲俗事所羈,須再遲數日到硤也。

二

河干揖别,昨奉惠函,藉悉望是,並稔侍祺納祜,允如下頌。雪翁挽聯囑爲竄就繕寫,弟亦未能恭贊一詞。昨即至甘泉翁處奉商,翁易上聯"紫陽"二字。頃購紬料歸,遇唐辛山年伯,遂共商榷,亦以下聯末二句似宜削改,當即公商擬易下聯云"姻婭與君甚篤,蹤跡與君甚疏,才識更與君甚遠,賢者能者儒者痛,先白眉良",對似較工,而倜儻遠不逮原作,惟俗目或不以爲甚訝。未識尊見以爲何如。兹將紬料一並寄呈,乞定見。囑子簡兄一書何如。如以所商未能愜意,仍請用原本,亦無不可耳。

三

弟初七日午刻到省,知位西樞部於初八日爲太夫人稱觴,全宅俱在淨慈禪寺。特於初九日往晤,位翁已侍太夫人泛湖。晤其令郎子齡世大兄,當將信件並物,及轉求醇翁扇件交送不誤。座間言及袁潄六觀察遣价至杭,託位翁欲於尊處借《草堂詩箋》至松校對。先囑致意來人,定十一日由杭至硤,賫位翁一書爲介。弟今晨由杭旋里,擬明日到硤,即作禾行,一切容面罄也。

四

汪謝城孝廉昨晚同席,兩經晤譚。蔣季卿兄處看書一事,據云彼非吝者,事無不可,惟緐尋書本,向來本是躬親,須待其無事時一一手檢,可以發其秘藏。倘以他事擾心,即檢閲一二部,主人雖不告憊,而客亦未免不安耳。至前詢丁茗客《彙刻目録》,刻未成而售又不果,據謝城云,此公作事見異思遷,往往未終局而寘之。樣本已託轉覓,惟有無亦難必耳。日來檢書,新有得否,念念。

五

前囑分寫詩韻,兹已偷閑録就,惟百忙中不能細憶,遺漏尚多。或賓兄、伯兄諸君,與閣下添補成之,乃可用也。見索拙作,本不足觀,是以向未談及,玆特録呈清覽。

題牟册如刺史獨立圖

蓬萊閣下青芙蓉,峰峰屹立蛟龍宫。山海薈萃孕奇氣,有人秀拔天之東。少年讀書概卓犖,經史萬卷羅心胸。餘子瑣瑣才莫比,如不羈馬騫雲駿。賢書書名獻之國,親民任重分雷封。東西浙水福星曜,翩然飛到雙島蹤。興利剔弊皆實政,試手已不儕凡庸。去年吾邑苦奇旱,十旬不雨呼三農。禾田龜坼河水竭,災蝗翳日飛瞢瞢。是時吾公甫涖止,撫治或訝難爲功。青黄不濟蒼赤餒,請命力賑窮檐窮。官廚飲水嗟父老,里衢歌德懽兒童。今年蠶絲盈筐箔,與民方樂時年丰。遺蝻忽報藴餘孽,戢戢蠢動如蟻蠓。水之火之無善策,賢侯一念神能通。

百蟲將軍爲效命,一夕怒卷來天風。么麼竄跡入大海,中牟三吴將無同。秋來亢旱又漸熾,雲霓翹首心忡忡。設壇步禱纔一日,掀髯灑雨來天龍。千畦酣足百室慶,賢侯澤我恩何醲。

訟庭永日奇花燦,公堂介壽村醪濃。卓異定署上上考,獨行特達皆誠衷。惠政今膏四野黍,奇質近比千尋松。出山雲即爲霖望,遥指栖霞第一峰。

六

昨日警師來,偕至端甫兄處,即致位翁信,小譚而别。閣下庭訓諸郎,自必竿頭日上,至五令郎天姿過人,善於領悟,來函藻飾,弟何力之有,不敢當也。然弟又有妄言者,五令郎學業,不患不成,要在勉以靜定，加以沉潛，勿躁勿矜，養成大器。至筆性之遲速，愚則以此時尚可未計此也。狂瞽之談，未知是否。弟送考之行，極承體諒，然此時尚未定見必往否耳。

七

二十三日曾泐復譬翁一函，由尊處轉寄，諒已到矣。辰維升祺安吉爲頌。郁處元明兩刊本《詩經》，於昨日俱已校竣，圖亦略描形似，並録其注文，緣翁伯兄所繪之圖未曾帶來，恐有不同耳。《毛詩要義》本只有略節注疏中之語，卻無經文與注。昨與雒宜兄商及，擬購《詩經注疏》本，攜至郁氏，一加鈎乙，即可得其要領。惜此間書肆只有三家，所售者大半閑書，問以注疏《詩經》，竟不能爲何物者。此事只得從緩再辦矣。

八

寅昉仁兄大人閣下：

去冬上洋把晤，不一月奉送錦帆，風鶴之聲，逼人寤寐。弟偕眷口作山左之行，水合舟膠，又未得一帆風順。春來友人勸以計偕，遂令小兒侍母，暨曹小芸眷属同至山東，而弟則附輪船而北行。二月二十九日抵都，一切加庇平安，而馳思無日不切左右也。敬維侍祺納祜，圖寓安祥，引睇之餘，實殷心祝。弟春官榜發，一第倖邀，殿試二甲，朝考一等，頃蒙以知縣即用，分發直隸。竊謂全家出險，已逾恒常，复倖濫厠一官在近畿完善之地，眷口寄寓登州，去此又更不遠，何能何德，天也憐之，惟有矢慎矢勤，以供厥職。且值疏通正途之時，大約一年左右,可願補缺。但望得一政簡民安之地,略盡寸心,兒輩讀書,便於北闈鄉試,此日仕隱,他日即爲燕臺鼻祖,則幸何如矣。故鄉烽火,日望掃除,屢得滬上人書,知流離辛苦,桑梓日在針氈。親友栖皇俱不可問,令人翹望南雲,思封樹而汍焉淚下也。久思與吾兄一通尺素,而未知寄寓之所,昨得笠兄書,開示一切。日來酧應粗完,甫得握管,諒不以疏懶見責也。湖北光景,生面一開,衮衮群公,濟時之彦,老兄在彼,新交必多,讀書之暇,别有所心得否。值此時局,以緘默退藏、怡情山水爲第一福。若不得已而人海浮沉,迫於衣食,不得不爲五斗折腰者,如弟輩是也。諸賢郎讀書自課之外,定得名師,轉瞬甲子秋闈,大可北來應試。彼時弟或得分一邑,當必爲東道主也。吾鄉入都者共四五家。孫渭百世講奉母而來,新就刑曹。陸確齋兄尚未到部。惟朱穀甫兄暫寓天津,殞於時疫,忠臣無後,天意難知,令人愴絶。朱少藍同年全家無恙,賓至如歸。許珊翁春間作古於如臯。少珊兄又登白簡。福卿世大兄新入水曹。何白翁一切如常。子白兄又新得樞部,最爲同鄉中得意之人。諸挹青兄亦來鄉試,其家屬則寄居奉天。此外應試十餘人,大半非隨任,即遊幕在外者耳。海曙聞尚在江北,未識近已回滬否。笠兄貧病可憐,並聞平齋諸君被揭,未知舊席能得蟬聯否也。弟大約數日以後即往保定,到省旅費浩繁,而家眷又欲即來,目前諸事亦頗甚累耳。兹乘林煦參同年分發到省之便,匆泐數行。楮短言長,筆不盡意,敬請尊安,統希惠鑒不一。愚小弟錫麟頓首。

蕭其穎　穗甫

（四通）

一

前肅復函，定已登記室矣。《書集傳》已有消息，係由席某售去，不可復得。《千金方》已託張書賈取來，計兩函二十四本，共三十卷，末卷有黄蕘圃跋語并唱和詩。中有數本，標題係“重刊孫真人千金備急要方”等字，即是配本，姪約略一繙，未及細查。如定欲儲諸鄴架，當再請柯亭老伯一閱。其價需一百二十金，不能讓減。張先生處謝意，即由汪氏付與，我處無須再贈。特即布聞，希速示復爲要。

二

屢讀致家嚴書，藉悉一是。兹家嚴寄到復函一件，特即寄上。尊著排律，神韻兩得，適如題妙。岱峰先生二首，超逸有味，均已録出。闈題似易而實難。近日讀方靈臯先生文，始得題之真際，惜大士作未見。在省見場作十餘首，大半膚浮，恐非制勝之具。雪篁、海曙太姻叔必有傑搆，未知老叔大人已見否。姪草率成篇，薄弱少意，萬不足邉閲者之目。其稿現已寄蘇，稍遲容抄呈教誨。

三

朱惠翁到鎮,交到手諭,讀悉一切,蒙寄示裴山中丞《史漢摘録》字樣,展閲之下,具見先輩讀書用心,深可敬佩。容抄録後奉還,《晚香堂帖》早由榆仲處寄到,筱漚老伯以爲不啻十朋之錫,其遲遲函謝者,以將次赴津,諸事紛若也。伯聲兄所囑一節,現又另乞名家詳查,稍遲當可寄上。書森老伯捐局保舉一席,據平齋老伯云,刻下爲時尚早。現已代爲託人照應,俟有消息,再當布聞。

四

世叔大人閣下:

頃奉手示,并大著四律,即呈白英姻伯共讀之。覺氣韻蒼老,非作家不辦,而以念舊之情,發思古之意,尤覺其言可味。姻伯云,目前此事正廢,未能奉和,惟有心銘雅意耳。子英兄恙頗似類中,曾服温開之品,未得效驗,現在尾閭掣痛依然。而尤可異者,夜間眼目一合,則尾骨痛作,因之日間尚可入睡鄉,終宵竟不能安枕。究不知其病之根底,欲檢醫書一閲,而此間絶無可借之處。向聞鄴架所儲,醫藥各書,搜羅甚富,如有張仲景之《金匱》、張景岳《中風痺痿》各門,以及《醫宗必讀》之類此外如劉朱喻各名家,祈賓日兄檢查寄下,以便細閲。包封寄航恐有破損,或裝一小木箱爲便,閲後奉繳,實爲感切。肅復,敬請尊安。愚姪蕭其穎拜上。

沈瑋寶　書森

（四通）

一

委購各書，託人覓諸常郡，僅得《大雲山房文集》八册，特即寄奉清覽。子久先生詩集未刊，初著《説文篆韻補》亦無印本。桂著《説文義證》，書肆中未見，其後人官江蘇者亦未晤面。俟訪得其人，當爲轉乞，以圖報命。九舍弟加捐花樣，補缺可期，又仗大力，得集成其事，感戢同深。兄冬初擬暫假旋，定當買舟奉訪，暢領麈教也。

二

閣下閉户讀書，日與古人相對，斯真清福，羨羨。兄羈跡江干，瞚經匝歲，薪勞依舊，樹建毫無。幸公事尚屬平帖，差紓注懷。委購《説文繫傳》，兹寄奉一部，計八册，乞檢收。前寄申耆先生詩文集，想徑收到。其另數種，尚未購得，再當覓寄。

三

吾弟瀏覽群籍，所造益精，當此之時，能得閉户讀書，丹黄几席，正不知幾生修到,浮沉宦海者,不啻望若神仙也。諸郎日侍鯉庭,又得名師親炙,近作定斐然可觀。鄙意初學課程,督責不宜過嚴,但令天機活潑,樂意融融,自可觸處皆通,頭頭是道,弟意以爲然否。七弟、十二弟場作皆未得見,六弟文案而不斷,搆局亦新,或可冀幸入彀。大兒勉力終場,安敢作萬一之想,乃荷殷殷奬許,并招至尊齋飲食教誨之,足徵至戚關懷,其所以期望後生小子者至深且切,可感可感。

四

承囑一節,據伯聲、星海諸君説,潡祠書籍聞已散失,即有所存,亦必零星殘缺,而與朱紫蒓兄道及。據云上年十二月間,銘齋兄曾往祠中檢點,但見狼藉滿地,似乎散失尚屬無多,以後則未之知。現擬暫緩遣人入山,先將尊函寄致銘齋,囑其先往潡祠一看,如果所剩無幾,即煩其檢齊帶滬,川資一切,當爲應付。倘果無缺失,或所失不多,亦請銘齋先爲檢點開單,一面函致兄處,趕覓妥人往取。銘齋即偕同照應出來,當於浦東擇一善地,租屋數間,安放書籍,即請銘齋安研其中,甚屬妥洽。惟聞銘齋事母至孝,非挈眷全行不可,兼賴束脩以資菽水。紫蒓云現值盛暑,决不動身,渠爲詳細致函,囑其於七月間來滬。銘齋有戚好,家在浦東三練塘,或即於彼處覓屋亦好。銘齋到後,當遵來示,分款接濟,渠亦可藉以敷衍。馨山兄處一説,且俟銘齋信到,後需用再行往商,斷無不可。紫蒓兄薦一潡浦人陳君,係銘齋至好,可以幫同送書出來。渠先爲函懇,將來到滬後須稍爲點綴,并送盤川請其回里,似乎亦妥。兄處别無妥人可託,如此辦理,商之笠翁，亦以爲然。將來楚中書箱寄回，亦存銘齋寓中，託其照應。鄙見如此，不識尊意以爲何如，即盼復音。聞子簡兄伏處鄉園，志甚堅決光景，未必來遊。子勤先生忠義局一席，大約可成，每月不過十金，多則十二金。其意尚欲他圖，其眷屬已到浦東矣。李少石兄處《史記校本》，已交至兄處，代爲收存。五令郎文思日進，令婿用功火候亦到，聞之不勝欣羨。

沈琮寶　組齋

(四通)

一

《抗希堂稿》向有此書,緣前年先伯選文時,命將二方及熊、劉諸先生稿送去詢之。七舍弟知已分散,不能成部矣。急切無以報命。二十日後,俟學生赴蘇省看病時,弟當抽空向書肆覓寄,不致有誤也。元之云莊氏書籍本有棋花布包,兹徧覓不見,想係尊價誤攜至硤,望囑其一撿寄禾爲禱。

二

蒙輓舍甥聯句,敬已讀過。沈摯真切,令泉壤有光,代爲悲感。拙作呈政,謬加奬飾,益須慚愧所指示之處,議論頗是。然通體淡而無味,如遭擯斥,斷不僅在此區區三四句間也。拙作能即擲還爲感,緣多留一日,多貽一日笑耳。

三

聞閣下有松江之行,沈酣經史,樂此不疲,可敬可羡。大作一首,謹寄呈家伯,云前後尤合方家體格,用筆亦極超妙,倘再略加删潤,已造古作家之室矣。

四

拜讀大作,敘事簡潔,斷制謹嚴,煌煌鉅手也。情節略有未符處,已就所聞略述大端,實未詳盡。寄呈尊閱老人所書之扇。弟於磨墨前,用竹紙細細拂拭,無如吾兄之扇面,太低致油不能去,亦無可如何,非弟之疏忽也。藕翁鐘鼎文據云尚能從事其對箋。弟已專人送去,其工拙與否,弟系門外漢,不敢知也。何義門先生手鈔唐人七律,老人云不甚佳,想無須覓人另抄。

沈寶稼　幼樵

(六通)

一

蒙借汲古閣《史記》一部,震川所批圈點之處,與弟所得明刊本小有異同。弟曾對校訛字,均已校正。初謂一月可了,乃因循作輟,遂至是月中旬過畢。兹特奉繳,祈檢收爲感。至《敏求記》一書,須俟明春再行奉借,今歲暮矣,無暇及此耳。吾兄鄴架所得,近更何如。尊處所刊《毛詩》如已印出,懇即覓便寄下爲盼。

二

承囑味青兄臨摹《海隅圖》一幅,尚須一月報命。頃味青囑筆代候。至弟處《輿地圖》一册,俟遲日臨有副本,即當奉贈可也。

三

令親家楊利叔孝廉古文名家,弟亦久慕。今承吾兄代求作詩一首,感甚。兹寄上苹敬一函,祈檢收,覓便轉致。附去《節略》一册,一并寄去爲感。岱翁處允作一首,弟亦擬送潤款四番,未識尊意以爲然否。

四

昨日伻來，令親家楊利叔孝廉硃卷、報單，均已收到，遇便隨即謝教也。《枯翁全生集》兩本，并轉致矣。前奉上《五世同堂節略》一册，敬懇代求邵位西樞部及金岱峰孝廉兩先生著作，未知可能賜教否，念念。

五

承指示藏書妙義，甚深欽佩。但弟近購之書，聊爲書塾讀本，豈敢與吾兄插架比。然大以成大，小以成小，如鼠銜薑，如蟲負版，日後倘能力可從心，當循序漸積，初不敢欲速盡美。若夫矜宋刻之精，鈔不傳之秘，欲與黄、鮑相匹，弟焉得有此眼福耶。前蒙代應胡刊《通鑒》，價洋二十八番，又前掇仁山兄手書價十枚，兹特并繳，祈記室檢收爲感。前日承惠《詩經》四部，展讀之餘，不勝欣慰。此書得廣流傳，以啓後學，有功名教，豈淺鮮哉。但刷印工料若干，并希示知，弟當償值，不敢屢次邀惠也。弟今歲得書，僅有三百金耳，不啻貧兒暴富，差可自喜。近日囊已告罄，不復購矣。昨接味畬從姪信，知有《天禄琳琅》，因措資無暇，轉讓於弟，未知確否。如果舍旃，明春寄到書後，弟再償值，亦無不可。

六

委購《晚香堂帖》，前日祐翁攜來，擬即寄奉。因彼愛不釋手，欲臨數種，是以稽遲。兹特檢奉。又胡刻《文選》四套，一并附呈，均祈檢收爲感。

沈善登　穀成

(二通)

一

前承委問杭太史《詩經》評點本,昨已從鑑古取得。據元跋,知非董翁手筆。然彭文恪及吉雲,皆不識何時人,有可考否,祈教之。眉間評語,前半較詳。然亦不名一家,有似輾轉刺取者,殊無足貴。行間評語及圈點,又未免明人習氣。此書殊爲可疑,兹特呈上,祈檢存。前途索價頗昂,是否即乞示知爲禱。尊刻《詩經》已得若干卷,能賜先覩爲快,感甚盼甚。昨於書肆見《子彙》殘本,紙印尚佳,但多蛀損,又只剩八册。其中如《墨子》等篇,昨略爲勘對。知據《道藏》本付刊,惜多所删節,明萬曆後所刻書往往如是,殊爲可恨。未識何人所刻,前後亦無題跋,又不知共若干種。聞鄴架曾收此書,暇祈鈔示一目,得價若干,并求示悉。連日陣雨,河流驟漲,豐收可望,不識尊處得雨否。前月中旬,李少石丈來此,譚甚暢。聞别下齋所刻書尚有《涉聞梓舊》若干卷,少石已得全部,羡甚羡甚。不知可爲轉乞否。

二

昨承賜顧,以姪爲猶可獎言,得侍移晷,備荷教思,無任感佩。敏翁得晤面否,所談如何。姪極欲走謁安艫,奈足疾轉劇,頻年沉痼,入夏彌甚。昨侍坐時,屢屢起立,亦正爲此。傍晚竟不耐坐,惟行立較可,頃尚未愈,病類轉筋,真所謂心急足違,疚歉無似,伏乞原諒。吴門能多留一二日否。位西先生遺書可賜假一讀否。大著條陳之件,如有他稿,亦祈賜讀。草草,敬布疚忱。

沈善經　味畬

(十一通)

一

前日接奉惠書領悉。一是條幅二紙,即呈家嚴,又兩幅亦送廉仲先生處矣。秋高氣朗,想見插架縱横,益親燈火。聞諸曼翁云近得宋元槧醫家言若干種,有宋本史載之方,當即《揅經室外集》所列之一種,此書目録家極稱之,究未得寓目。姪前買新刻《傷寒補亡》初以爲宋人手筆,當有可觀,豈知實無甚精義,惟其中間引《南陽》《活人》,差可想見朱氏條理之密而《活人》書難得之至,宋元本固希,抄本亦不能多見。閣下眼識廣别,擇精而搜羅亦勤,儻一遇之,尚望見示,姪求之有年,終未一覩。郡中向年收醫書者甚少,如城東金氏前見其目,此一類亦甚寥寥也。兹寄繳《讀書敏求記》抄本四册,乞察收。久假而未能細讀,殊深慚恧耳。

二

前日元之表兄得惠書,轉道尊意命姪弟兄擬作《鴻雪圖詩》。姪已試草一稿,未愜於懷,詩歌一道,本無些小功夫,落筆構思,正苦一無把握，且題境夷曠，而又情感必主文托興，善合風人，方於尊旨無負，日來胸次塵坌正多，容闈後徐圖報命，姪擬於月底赴省。槐黄屢踏，景況年遜一年。前年得至元《嘉興志》一本，抄手極整齊，紙本亦極濶大，似是舊抄，今爲正用，絀於資斧，忍而棄之，如鄴架亦可多備一本，欲得價三數元，未知見允否。倘能如願，當即寄奉，瑣鄙之態，久而如故，殊自汗顔，愧對知我也。

三

聞新得宋槧本小字九經，閣下近更究心小學，於文字、音訓之書搜羅殆遍，聞之尤爲仰佩，前寄至屏紙兩幅，昨家大人書就即寄上。惟以手腕生澀，徒敗佳紙，特諭致歉仄，到乞查收。前日家大人於廉仲先生處借閲《復初齋集》，詢知海昌外祖借去後在尊處，頃奉諭寄詢，可否轉假一觀。如尚未看畢而不妨暫輟寄，讀後當仍繳尊處也。盼禱盼禱。

四

啓者敝業師鍾子勤先生久在查宅課讀，明歲不擬蟬聯，昨來談次，深慕閣下博雅好古，願得常常相敘，命經轉爲道達，正未知尊處尚有可位置否。子勤先生學有元本，於《春秋》尤用力，所著有《穀梁傳注》，尚未寫定，不得一見，而時聞緒論則精義貫通，大概與㢸軒孔氏所著《公羊》可以并傳。聞鄴架富有善本，先生尤爲欣慕，果能常聚高齋，賞析疑義，縱觀奇書，亦一樂事也。前春間所談之古香齋施注《蘇詩全書》久未取到，蓋書肆收賣未定，其賣主共有十數種書，因議價未定,尚未成交。其首册現在坊間,徑囑其留存,斷勿散局,伊本索價三元,徑還定兩元,據書客云可以成交,此刻又復反覆,大約居奇之勢,因洋價太短,希圖增價。鄙意照前值更增似乎太昂,未知尊意如何。諾責久留,無能報命,致勞懸盼,實深惶愧。前承允借管芷湘先生校本《讀書敏求記》,便中務望即賜一讀。《天禄琳琅》能即抄得否,尤盼尤盼。晉庵令姪聞欲作海上之行,未識已往否。有欲寄之件,如其未行,當即寄信也,并求示悉。陳襄翁年丈在上海校書,未知何時畢功,近日有信否,舍間久不得安報。前家嚴臨行時,命懇求惠賜所刻《葬書》四種,因今冬須爲先祖營壙也。能即賜讀,感甚感甚。

五

委購《家語》,今已取得價七百文,未免過昂,然區區者爲數無多,已爲買定,今特寄上,到乞檢收。又寄上圖石兩方,欲乞張子簡先生爲刻名印,齋名另紙開列,到乞轉懇,即爲奏刀,未知子簡先生近仍在府否。前於集街又見明刻《家語》一本,雖係明人補注之本,然刻印甚佳。卷中硃筆點句,稍不滿志耳。又《選本唐詩》一部,僅見首册,中有金桂門先生附識數語,又時有硃筆評語,前有山東學政官印,標題無書名,似是檜門先生《選本唐詩》。據云八册,大約二三十卷,索價三元,全書則未之見也。又聞有殿板《二十四史》,不知其價若何也。

六

前承惠函并《涉聞梓舊》各種。開緘茫然,不解所以持問。家大兄方知前曾有書奉達,詢及此書,未敢冀必得也。今承寄賜,感愧實甚，唯此數種，向所得《别下齋叢書》均有之，聞吾叔特爲購置，不知尚可寄繳前路否。重費精神，渥當垂寵，殊又抱仄耳。頃老鑒古書，友持殿本《元史》來，索十四千，價乞寄問尊前是否示覆。前假校《敏求記》後便寄上，不更遲誤也。鄴架新得宋刻《岐黄家言》數種，聞諸曼翁云然，可寄示一目否。渴望之至。姪所買《補亡論》雖宋人《傷寒》中頗有採取，其書實不足觀也。前囑訪《本草疏証》想早得之。昨祝筠侶世丈自吴門寄信來云價每約三千文，如尚未得，當寄信前往囑買寄也。家兄囑祝丈在蘇購得立夫制軍重刻郝氏《爾雅義疏》，亦頗精妙，與陳碩甫先生刻《毛詩》相伯仲，蓋陸制軍聘碩翁爲之校刊，故寫刻皆精，較之《皇清經解》中刊所遠勝。

七

承示《淮南鴻烈解》各校本，詳備之至。廉仲先生所校此數本皆早見過，他如《劉端臨遺書》中所載抱經校本均旁採及之。莊氏所據之藏本，本未盡善，而誤字、錯句刊刻時覆校亦不精審，苟能得顧澗蘋先生所見宋本，自是妙絶，次則《道藏》元本，亦可不知尊處有之否，别下齋中有全部否。前日有《道藏》全書一部，價只十數金，爲東城懷氏所得，不得一寓目，可悵可悵。今日見嘉靖本《新序》甚佳，但首卷略有墨塗，中補抄數葉，惜爲王江涇人先買去矣。思之累日不怡，如此偏心，又加以愚鈍荒落，奈何奈何。《天禄琳琅》如抄就，千乞早寄，潤筆自當稍酬，萬一以之見惠，所不敢當也。前奉贈之數本，皆不欲望報、不敢望報者，以後鄴架增得善本，時相傳觀，俾曠聞見則拜賜甚多矣。若述古庫中向所貴重之本，能示大凡，尤爲深慶，但不知何時得躬造詣暢觀耳。芷湘先生手校《敏求記》可以寄假否,斷不污損、竊取、强據、巧奪也,拜禱拜禱。拜經所刻《愚穀叢書》,城中有相識可謀得否。不則如《陶謝集》《讒書》兩種能致一部亦好,不必定欲全書也。此間書坊中斷然少見,奈何奈何。道街新設一上海來之書攤,零篇斷簡,絶少完書。最可歎者《十朝綱要》厚書十六册,舊抄本也,甚清爽,只存其四。殿板《後漢》僅僅列傳十數卷,如有可配之殘書則大妙。明刻《事類賦》卻全,雖非上等之書,然尚是舊本,以其有破損處,未之買也。明板《世説》上有眉評,雖非極善之本,而上、中、下三卷各分上下,猶是舊弟,注亦不缺,頗可藉以補証他書。至八卷之舊本,衹有明時竄改三本,不足觀矣。《讀書雜志》舍間亦有,如須假看,當寄奉(坊中未之見,頗少也,本不發坊,近更無矣)。汲古閣《家語》昨又得一本,印本略遜前寄者,而板則同。是有未修改本,廉仲先生所藏中有缺句誤簡,無"王肅注"三字,印本則視所見遠勝,極佳也(今見本已添補入矣,如故人以爲奥也。句等類不一而足,然亦不多)。大家兄新買毛氏刻《楚辭》印本甚佳,惜價太昂耳,高齋想亦早得之矣。聞欲得前日所見明刻十行本《禮記注疏》殘缺之本,此與惠校刊者無異,又非真舊本,其中缺處甚多,似可不必得之。或本有此書,適少首册,購以補入邪。《新序》竟爲他人所得,實在無可如何。此書叢刻中無有善本,若竟不見,亦復無墨無礙,今得見可欲,焉能使心不亂乎,思之悵悵。再,前所得綿眇閣《墨子》以校畢氏經訓堂所刻及王懷祖先生所校,竟有遠勝之處,有《道藏》所有而此本無者(缺行少字頗不少),大約尚是舊底子。懷祖先生未之見(秋帆尚書亦未見)而校改處竟有暗合者,洵可貴矣。世學樓《墨子》尊齋有之否,有則亦欲告假也。《靈樞經》有善本否，即時本亦好，可賜假否。

八

承假示校本《敏求記》，約略繙看數葉，引證處極博，校字亦復不少，長日當細讀一過。中有與今刻本可勘正者，擬移謄於上方。姪處沈刻本眉頭極長，過録頗可開展，卷中校字及記，各本異同，只可擇其尤要者，録之不及一一矣。承示《新序》各本，若《群書拾補》所校已略略完備。然前者所見之明嘉靖本，實是十行宋底，較之程榮本，當必遠勝三十六種之《漢魏叢書》。舍間舊藏印本尚佳，程氏所據各本皆是善者，在明人叢刻當爲最精審矣。且皆漢以下有用之書，若得厚紙初印一部，豈不妙極。坊中少見有之，價亦不廉也。來諭云《唐志》則作八卷，《崇文目》十卷，前日即偶見《唐志》此一條，所以見八卷本而喜，豈知其大謬不然耶。《世説》卷目晁氏所載八卷及作十卷者，今竟不得見矣。前日偶見八卷明刻，爲之狂喜，及繙看，乃明人删改之本，注去其四五，而闌入無謂之評語，刻印卻佳，而不知《世説》之注幾欲與裴氏《三國志》注相抗，今去其注，雖八卷舊弟，亦何足貴乎。上中下三卷，每卷各分上下者（尊齋所有三卷本是何本，示知，尤感），所見衹兩本，一即淩懞初本，上有評語，一爲明仿宋刻，刻印極精，與嘉靖仿宋《素問》不相上下，凡遇宋諱，避缺特謹，注文亦全。姪所見注文全者共四本又翻仿宋一本亦好，元初印亦必精好，所見多修板，已模糊矣。上兩本與遵王目録所載合，又明吴中行、黄之寀輩校刊一本，皆統分六卷，不以上中下分上下也，尋其板次則相同。五色套板一本，與閔刻諸書無二，然注文不删，朗然悦目，套板書中竟欲首推矣。注文略有漏一二條,然無關大要,不足爲全璧之累。据姪所見,以明仿宋爲第一。去年得一殘本,缺中二卷,近尚置架上,時一見之,不怡者久之,欲求一翻本之稍可相稱者配入,亦不可得。又見一無注本,以劉辰翁評點爲主,云是元刻,在他人處匆匆一過,不暇致詳,似不甚佳也。其他悪本不可勝數,終皆無如上中下各二卷之善。三卷本中,仿宋而外,當以淩懞初本(有國初翻本)爲最可凴信矣。元刻雖有評,刻印甚好也。來書似未愜意於六卷本,故覼縷言之。倘所見善本有出於諸本外者,務乞示知,以便留意訪之也。昨大兄得足本《唐子西集》刻本及仿元刻《詩人玉屑》,又有一家之所有之書則閣本《困學紀聞》也。白綿厚紙印本之精,無有倫比,閱之殊快,聊以相告,以發長者之啞然一笑也。姪買一《傷寒論補亡論》,宋郭白雲先生作也。此醫學正傳,非尋常傷寒家可比。又見《詩經》一本,本甚劣,據云董浦先生評本也。玩其考證評注,非淺學所能,特價太昂,未之購也。

九

前日接到伯聲兄信,書十册,并代達尊意云云。領悉一切,即諗崇侍萬安,撰祺,百福深慰。下頌《天禄琳琅書目》承爲托人抄寄,感矢無既。張兄潤筆本應即爲寄謝,弟囊中羞澀,不能如幼樵家叔所許之數,若更減少,又不足以言酬謝。今已信致家叔,説明情願相讓,懇其將筆資寄奉張君,而書則借留齋頭。力不能得,而又不忍恝然舍去,擬借此底本自録一函,以備參稽。其中似不少奪誤之處,并欲隨文參校一過,然後奉還。家叔以當借書之一瓻,如此則張君不致以經年伏案之功虚擲,家叔又適獲願得之書,而在姪更得先覩之快,一舉三得，自謂可方廷尉之平，想尊意亦必許可。惟前既重以相賕，今復輕以相委，出爾反爾，殊乖信果之義。此中委曲，不得已之故，并不敢求諒於長者，私心惶愧，殊切不安。此書底本是否從文瀾閣借領，卷中朱筆校及有行數不足者，以意會之似，竟依元書影抄，不知尚有他本可對勘否，尚祈示悉。前日手覆中述及在吴門見汪氏藏書，又知袁太守處有罕見之書，曾許暇中詳示，以廣聽聞，能隨時揮示數行以慰飢渴否。新刊《詩集傳》讀本昨於坊中得見，約略一繙行款字樣，在近日刻手已稱極善。坊中索價千四百文，力又難得，竟欲懇賜一部，願以舊得中稍可觀者爲報。涓勺益海，想必不哂其陋。此書未刻成以前，想望者已紛紛，此時乞者必多，勢難徧給，故敢爲桃李之報，非輒以小人之腹度君子之心也。

十

前者元之兄傳述囑題《鴻雪圖》久未報命，昨勉成七古一章，略述當時情景，不敢作感慨議論，篇末鄙抱如是，即以發明是圖，命意於尊恉，想尚不致大謬。唯初學弄筆輒登大雅之堂，未免惶愧耳。有不合處乞一一指教，想勿吝也。聞元翁言曾見尊作《七律》兩首，恨未得見，乞即示讀，切盼切盼。姪近狀依然，明歲就館南潯，藉可稍稍坐定。歲前閣下尚須來郡否。鍾師在館，近履定安，均在下念。

十一

尊鄙姻世大人閣下：

接展手覆，具稔壹切大作。七律兩章意致委婉，仍不以直白爲高知,取法甚廣而精,不欲以意志而遺色澤,陋見測之,或者以義山爲草堂門庭,宗法如此,深爲可佩。姪於詩毫無所知,又從未用功,乃過蒙獎借,實爲慚愧。鍾師命改兩句,當更易之。然通首自覺不合甚多,明知而不能改,暇中倘能削正示教,感甚感甚。姪明歲擬出授讀,已略有就緒,知關念,特以附陳草草,敬請侍安。姻世愚姪善經頓首。

許仁傑 壬伯

（一通）

老伯大人閣下：

暑夏赴濮，趨寓奉候，未晤爲歉。頃奉惠函并大著，浣誦三復，如聆鈞韶。姪學殖譾陋，兼之數年荒蕪，心塞目矇，辱承下問，虛懷若谷，且感且慙。諸作已極美備，壽世何疑，刊刻格式亦當。惟“八詠”二字，始於休文，嗣是作者，或增或減，均一詠一題，今散目只四，似嫌未合。鄙意或改“楚歸雜詠”，或作“楚歸吟”亦可。芻蕘之獻，未知有當萬一否，諸祈酌用。若作“楚歸吟”，則總題頂格，散目低二格亦可。不揣愚昧，用敢瀆陳，祗請台安，統希垂察不盡。世愚姪仁傑頓首。

丁崇城

(三通)

一

日前小价趋叩崇堦,仰蒙優待逾恒,並賞給川資,感篆寸忱,難名尺素。价回,接奉瑶章,即稔寅昉仁丈先生履祉安綏爲慰。《太常因革禮》爲松守袁公留去,舍間尚有舊鈔,異日當代爲録抄,以圖報命。《儀禮要義》除去尾張,尚有六百葉,每葉二十六行,行二十四字,其空文本少,上有細注,可補不足,計字三十七萬有奇,紙價印工亦須千文。敝邑典價每元作二八直錢一千文,欄杆之數并未多束,因來函詢及,冒昧直陳,幸勿見哂。若照尊處來格,可以千葉,但今歲爲虞山瞿氏録《明文海鈔》,五月盡爲渠所用,以待明春如何。如果所需,祈示及,以便寄奉。

二

鈔胥字跡不同,其可以入目者,大約每千以三十文爲率。《儀禮要義》鈔手尚屬工整,《元秘史》昔借鈔於知不足齋,字數有限,其鉤劃系用畫工,凡一月有奇始竣,事與《因革禮》兩書并見。芸臺先生《揅經室目録》中《大元一統志》殘本向從沈西雍觀察傳抄，藏書家鮮有及之者，惟《竹汀先生日記》曾言之在。閣下博聞廣見，何敢布鼓雷門，惟承聞愛素深妄述一二，望勿見哂是幸。《九經》瀆蒙去春令兄生翁囑抄者，兹特附便一并奉去，乞轉呈之。如業已傳抄，仍不妨擲完也。專价呈去各種單附。

三

憶自西泠握聚舊懷，已積於三年，回思南浦分馳，款愫未通於一紙，兹者槜李重逢，屢荷高車下逮，益徵雅誼；維殷快領塵言，彌深感篆。敬維寅昉仁丈先生，書閣延庥，骚壇集祐。謳吟興永，攄壯采於篇章，枕葄功深，試英才於著作。多文爲富行，見坐擁百城，載籍彌精，始覺香生滿座，引詹藜閣，曷罄葵傾。前者由拳小憩，本擬重過寓齋，快伸衷曲，適接杭友書來，因即就道虎林僑寓，又因目疾大作，未克盡登臨之愿，掛颿歸里，魚鹿如恒，尚違奉教之期，彌望周行之示。續彙刊一書，容俟吴門遞到，即當寄奉。《揅經室外集》諸書及四庫未經編入各籍，如鄴架所需，不妨隨時佈知，以圖報命，不致居奇。外附《郡齋讀書志》聊伴蕪函，略申芹意，順請文安。惟希愛察不備。

金蘭生　鴻保

(一通)

先父詩稿,一生精力所在,曾刊至第八卷。而亂後板已失去,猶記閣下處尚有一册,倘未遺失,乞即檢出寄交上海蕭芷芳兄處,即託其轉交弟處爲感。因刻下急欲重刊,而檢閱舊稿殘缺甚多,故思向各相好處湊集,以成全璧,俟刊畢後當即刷印全部呈覽也。盼望甚切,務祈即賜覆音是荷。

方恭釗　勉甫

（一通）

先生史席

昨枉顧，藉聆教益，感佩無似，承允假《海疆全圖》。兹特遣領乞緘付。去年如能照續，先生之嘉惠不淺矣。再尊刻《詩經》未識有存者否。可否見賜一部，俾快覩善本，情愛冒瀆，愧悚愧悚。此佈，敬請著安。小弟方恭釗頓啟。

查燕緒　翼甫

(五通)

一

岳父大人尊前

荇農老伯閱文極精細,所改幾處,讀之殊覺神味淵永。次愚欲借《博古圖》一看,若此書未就裝束,或即付下可也。聞《蓬萊閣詩》下二卷已刻成,明晨當至魯軒兄處一叩耳。敬請金安。子婿查燕緒百叩稟。

二

昨夜金船行官回漢,接讀慈諭并《博古圖録》一部,敬悉一是。《蓬萊閣詩》上二卷,前已寫成字様十五張,望即將原本擲下,以便付與續刻耳。兹將張洽《集傳》一函四本,又食物二品,即付來人呈上。

三

邢子膺老伯來條,欲借《後漢書》,緣其新得之本中多糊字,欲以注寫故耳。前知大人渡江未回,屢次飭人來詢,似亟欲借此一書。現將汪文盛本借去。王良常《四體書》四册,由利叔姻伯處交來,祈檢入。

四

蒙示近作詩四章,氣味之腴,百讀不厭。婿於此道,茫未有知。然比日來以長者之詩反復讀之,不啻引人入勝境,不能不興起鼓舞,以此知詩之妙而神也。來諭云欲選鈔古人詩爲數編,此事極妙。其中惟"樂槊"一集,婿愚以爲較難,蓋必以一人之心,求合乎人人之心,然後有成,故非殫數年之力,亦未易竟其事也。吾邑州試不知已有定期,婿擬先試期十餘日來硤,敬謁,大約夫婦可以偕來。知關垂廑,先以稟聞。

五

婿近日仍温故業,午後每臨顔魯公《郭僕射書》一紙,觀其筆致圓勁充足,自以爲娱,即依長者所論用筆之法,乘興臨之。於試場寫卷似不甚利,然興之所至,終不可遏,不能以不合時宜而易其所好也。蒙示詩談一則,無美不備,實亦無弊不除,蓋不外補偏救弊,以成盛美。婿於詩律茫無所知,而以此推而言之,與君子之簡而文、淡而不厭者,其道相同,實無事不可準此。匪獨可以論詩,真切至之言也。

蔣光煦　生沐

(八通)

一

詢及甘泉先生所藏《隋書·經籍志》,卻未見過,不敢臆斷。聞其與衎石齋所藏又有多寡,不知孰爲足本也。承示《鄭氏易》校本,甚善。此書前年曾於亡友黄鱸卿所見一本,即係此本之傳鈔者。此則仲魚先生親筆,可寶可寶。奈雅雨堂本敝藏適罄,遲日購得,再行請假過録。今先完上,以省收藏,蓋單本書再易拖散耳。如有《杭州府志》,乞假一翻,因新書一時無處借看,未知吾弟有否。

二

《洪稚存全集》有藏本,爲人借去,俟索回一查。《續彙刻》據芷湘云未曾抄入也。全集約四十餘種,所示諸種似俱已刻入,餘尚有零種,不能記也。

三

頃檢《甘泉先生稿》中有《隋書·經籍志》跋一首,係章氏宗源,望檢出查之。如無錢稿,此間有也。《一統志》已翻過,甚略。所查尚俟訪求耳。

四

章氏《經籍志》乃芷湘所言,甘泉先生有跋也。王氏《漢書・藝文志》刻在《玉海》後,單刻本卻甚少也。

五

陳鳳梧刻《三禮》,向來舊藏只有《周禮》一種,已送與又溪兄之郎作入泮禮,想尚在杏伯處。記前有陳序《儀禮》《周禮》兩種。前年陶嗚九書估擕有精印本,未得也。

六

所詢元刻本《世説新語》,曾於邱書估擕來一見,約計行款尚小,索價極貴,已三四年矣。注文多寡,未能詳對也。《百宋一廛賦》僅著其有名諸種,其餘零種,不可勝記。《世説》本,兄所聞者係楊芸翁之言,在甲辰年,面談有此書,而芸翁欲得未能也。

七

《世説新語》袁氏本向稱足本,其分上中下三卷爲六卷者,恐不足。舊時如此,然不覩宋本,難以憶斷也。士禮居聞有宋本,不知何如,可檢查之來,劉本亦明初刊本,似元本而非元本,則指爲明初之本耳,非有實據也。疏略可笑,望再詢之博覽者。

八

《文選》大約是明中葉刻本，然此刻即翻張伯顔本。張本之元刻未見，未敢妄對也。張本舊稱善本。秋翁已囑其令郎來，刻已回去矣。甘泉先生何日到硤，渴欲一見。兄擬後日至城，不知得晤否。否則俟其來後，再往亦無不可。

蔣通　省菴

（一通）

東省閻丹初中丞，現因防堵，駐節東平州。月初姪因事前往稟謁，談及渠在漢陽時，與吾叔有舊，頗深契重。渠知生沐叔處有叢書一部，必欲購此，囑爲轉述。姪知生沐叔故後，一經兵燹，家計蕭然，書板能否有存，均難懸揣。但中丞敦囑再四，或舊時刷印存本尚可尋訪，或書板尚在，另行刷印裝訂，所需各項工價共銀若干，務望從直開示，即行寄還。緣此書中丞志在必得，專懇設法購求，并望擲交文山四姪先收，覓便寄來。

蔣禄宜　竹賓

(一通)

姪孫處祖廬,於辛酉之春被燬一盡,所有家藏書籍全付劫灰,實後人之罪。所詢洴洴家譜及南坡公《尊聞録》二種,禄幼時亦并未見過。惟聞聽橋堂伯之父青照公,昔年爲尊處淳村四太公延修家乘,纂考先輩事跡,多年告成。現是編城中亦無存,因聽橋伯家居福建,聞舊册猶存,禄早馳書囑堂弟抄録一徧,尚未寄到。總之,兵燹之後,事多缺憾,亦無如何耳。

附録

贈蔣寅昉東歸序

武昌張裕釗廉卿

天下之士，奔走喧囂叢猥之地，耳之所聽熒，目之所眩栗，衆之所尊而尊之，衆之所賤而賤之，信於衆而印然其增仰，詘於衆而頹然其增俯，逐逐日輕重於世之人，此遷彼貿，返焉求其所爲我，而將不得其所存也。若夫偃印一室，圖書充積，窮歲時處其中，曠乎晤昔之人於邃古之上，而下以隱相期於千萬世之來者，鼂(同朝)夕晦明，日星緯曜，四時寒暑，草木榮落，環相代於吾前，而壹與爲無窮，若彼者，苟非其志之所趣，雖有甚美，未有能奪而易之者也，況其爲衆人之得失者哉。

海寧蔣君寅昉，好讀書，藏圖籍數十萬卷，其篤好之深，殆非世人所能易也。遭粤賊陷浙東，西出走海上，泝江以至於楚，轉徙江漢之間，然必以其藏書自隨，不少時委去，蓋好之至於此。王師既定兩浙，寅昉告余將東歸。余惟寅昉與余自此日遠矣。然寅昉既歸且至，去其向者馳驅顛躓之勞，稍葺舊廬，發書而讀之，獨坐空堂，寥廓闃寂，與時俗人邈不相聞，於以思余之所云者，其有不引領西望默相喻於千里之外者乎。

題詩(三首)

寅昉仁丈鄉大人,我浙大儒也。辛酉冬避亂江漢間,而異鄉小住,猶推重公卿,且往來盡名下士,具見才學素著。惜楨以宦轍馳驅,祇兩獲瞻韓,心常悵悵。兹於癸亥三月,將作南旋計,用特謹占斯言。乍又聞爲渭春嚴中丞屈留,則常侍之願,良可償矣。尚求大斧政之。幼香小弟勞庭楨未定草。

故人將離黄鶴樓,煙花三月返杭州。杭州烽火初消釋,風月六橋遺陳跡,主人快詠《歸去來》,頓令客者動徘徊。故鄉父老奚所寄,一枝斑管一枝梅,頻年南北警風鶴,泛宅浮家無真樂。寥寥心賞知音稀,雲夢問山星斗落。偶因戎馬入仕途,於役常驅斜日晡。五斗折腰如我輩,南郭濫吹三千竽。逸志欲吟桃源賦,漁舟未便武陵路。終朝懶興謝交遊,蒼蒼鬢髮日遲暮。浮沉宦海匪孤高,富貴功名莫幸邀。蕭蕭風雨客途久,十六年來一舊袍。夙欽道範違左右,航海遄臨漢之口。春風四座齒頰香,筆花舞處墨光黝。江城名士門下趨,旅懷常藉詩文娱。坦然一載任所適,知命樂天復奚雩。阳春白雪彈古調,茅店板橋一長嘯。雪泥鴻爪印楚邦,鸚鵡晴川供詩料。我以形骸非耐交,寸心恒繫謙六爻。友情尚淡久而吉,莫令南岳空獻嘲。忽聞買棹將言别，心神蘧蘧慕且切。踏歌一曲送君行，浩月江干循故轍。

丁卯初春探親赴浙便訪寅昉仁兄大人於鹽官。殷勤話舊，相得益歡，爰作别賦四章，奉求壇政並呈郢和。

十五年從駒隙催，山中久矣處蒿萊。就瞻雲日心常繫，旋轉乾坤愧不才。賴有元戎戡亂定，自應小草向榮來。同儕相與彈冠慶，為報黄金早筑臺。

訪來雅徑早開時，自念慚非三益賢。識面昔年殊恨晚，出山今日已嫌遲。幾曾一朝孫陽遇，難多得金鮑叔知，有眼如君獨青我，東風吹放好花枝。

汪洋千頃度何如，閉户船客讀異書。階樹庭芝新國器，曹倉杜庫舊家儲。夙欽大雅風裁峻，近挹名流慕想舒。獨愧塵容消未得，欣逢披拂塵揮餘。

東西浙水萃人文，制錦烹鮮來亦欣。起舞惟思先祖逖，棄繻還欲效終軍。途中阮籍囊蕭甚，箸下張良籌借殷。翹盼陽春温黍谷，光輝燦爛仰卿雲。鄂城佩珊弟龍霈未定草。

一帆身寄浙江潮，千里雲山鎖寂寥。有筆塗鴉慚技拙，無心畫虎使人嘲。章台不托韓熙鉢，越市來吹伍相蕭。侯景風煙歸來得，可憐金粉六朝焦。寅昉先生大人教正。曹清源拜草。

西澗草堂書目跋

海鹽朱嘉玉子信

辛酉三月，邑城再陷，予移家南湖之夏家灣，鄉居寂寥，暇輒縱步湖於，循堤而北，得蔣氏墓廬所謂西澗草堂者，巍樓孤峙，枕山面湖，藏書甚富，意甚樂之。遂偕蓉江陳君暨予姪福祁，襆被往登其樓。則篋者、櫝者、囊者、束者，縱横紛沓，莫可尋覽。既移榻展席，相與排比整齊，籤別而簿録之，凡三旬而畢事。

念生平性癖愛書，家貧不能購。近東南數千里半罹兵火，自金陵、維揚以迄吾郡，儲藏之家，汗牛充棟。賊所過拉雜摧燒，甚或投諸糞穢，至慘且毒。獨主人深匿重閉於蕭條寂寞之濱，安然無恙。而余與二三好事猶得於患難之餘，讀未見書，消遣世慮，豈不幸哉！録草目畢，爰書此以念草堂主人。咸豐十一年四月武原朱嘉玉識。

録草目未竟，旋以鄉民起義不成，我鄉痛遭賊禍。入山不深，行將他適，爰復握管補録，匆匆未及細勘，然大概無有遺焉。外碑版數百種，又殘缺及不入薄録之本，各貯四箱，細目分存箱内。五月二十五日子信書。樓上書箱均無遺失。内《晚學齋集》《陰騭文圖證》，俱有十餘部，爲友人索去一二。并識。

澉山檢書圖記(二首)

錢泰吉

數百年來,三吴藏書之家,名聞天下者踵相接。然奉其先人遺籍,藏之墓廬,歲時往省,整齊排比,以寄其僾然愾然之思,前此未有聞也。今乃於海昌蔣生寅昉見之,以視李公擇藏書於五老峰之僧舍,其用意尤深遠矣。

寅昉大父淳村翁墓,在海鹽縣澉山雞籠山之麓,丙舍軒敞,面永安湖,與我家湖天海月樓相對峙也。淳村翁延名師購善本書,以教其子潞英、霽峰。潞英、霽峰兄弟皆喜讀書,又廣購之,四部略備。三十年前,余屡至霽峰之斋,见其插架皆有用之书。与之谈论,辨别精审,余不逮也。

寅昉少孤,贤母教之。稍長即知寶護遺籍,籤帙標題謹守勿失。今藏之丙舍者,皆祖父之遺也。記所謂思其志意,思其所樂,思其所嗜,孰有大於此者乎?錢塘戴醇士侍郎聞而善之,爲寫《澉山檢書圖》,而囑余記之。

余嘗省先人之墓至澉上。暇日登鷹窠山,觀明季釋氏藏經於雲岫庵,輒歎兹山峭峰,不異積書之巖。而吾儒力弱,不敵緇流,徒使羽陵、宛委之勝，結想於虛無杳渺之鄉。山靈有知當亦騰笑。今寅昉所藏，非以誇卷帙之富也。然自是勝侶來遊，若楊廉夫、孫太初之屬，吾知必造其廬請觀古籍，以擴聞見而後之誌澉水者，當備列其事，爲兹山增色也。抑余更有爲寅昉進者：夫父殁而不能讀父之書，不忍讀也；不忍讀者，乃其能讀者也。余及見蔣氏四世矣，敦厚之風，未有改也。寅昉事事以先人爲法，乃其能讀父書者也。士君子觀於此圖，而知其善承志意者，又豈獨檢書一端也哉。咸豐七年，歲在丁巳，嘉禾甘泉鄉人錢泰吉撰於海昌寓齋之閒心静居，時年六十有七。

此記成即寫贈寅昉，後爲友朋傳觀，失之。寅昉囑爲重寫一通。時戴侍郎已殉難於家園之池，千古完人，畫益可寶。余自海昌遷寓海鹽縣之鄉，年已七十，不能捐棄妻孥從侍郎遨遊天上。拙文拙書那堪持贈。惟所居爲先人邱墓之鄉，書籍分藏墓廬，與寅昉志意似不差池。特澉山咫尺，未能攜書山樓，以遂素願，有愧寅昉多矣。庚申閏三月十日泰吉手識。

瀓山檢書圖記

邵懿辰

古之書必手自傳寫，蓄書至千卷稱多焉。自板刻行，擔千金入市，捆載而歸，萬卷可立致也。而書之出亦益多。四庫所藏，合數萬卷，列書名卷數而不入録者又數倍之。而近世人所爲詩文集，與稗官家言、科舉之文，二氏之書，又出其外焉。其多如此，日衍不窮，其何所底止。元儒吴氏海有激而言，謂蓋起秦皇帝時拉雜摧燒之。然譬諸草木，貫四時而不刊落者，獨松柏青青，其他繁英叢榛隨消翳於土壤，何待焚而後滅哉。顧謂傳有幸不幸，而前此之麋株未拔，後此之萌卉方滋，使學者聰明蔽虧，溷於一切而無擇，餘嘗病焉。欲列編書目，自經史外，濟於實用而不可缺者若干家，雖不甚切而足裨見聞資考訂者若干家，其餘概從薙芟，使學者耳目不至淆而無所入，心思不至舊而無所出，而卒卒未暇爲也。在京師用此道以蓄書，凡數十簏。南歸，舟敗漏，沾濕者半焉。

竊自維念經者天地之心，史者天地間簿籍也。必求板刻之精善者而究心焉。外此，宋儒者言，理道之書，乃經之支流，亦天地之心之所寄。韓歐以來之述作，言文而行遠，乃釋經作史之准的也。其書要不爲多。惟近世掌故經濟之書，不能不多備規軸焉，大抵所守至精，而用心不雜，則清虚之地與天地精神相往來，而古人之心亦時來會於吾心，而書不至徒多而無益矣。

海昌蔣寅昉蓄書於澉浦祠樓，囑戴侍郎爲圖，而書來索爲之記。其書曰：毋導我以諛誇，必告我以所以治書之法。乃舉夙昔所懷念，使書皆有益於人，而人不至受役於書者，以復於寅昉，其見爲宜然否也。咸豐八年二月仁和邵懿辰記。

蔣君此圖，實余介戴侍郎作之，今圖裝成，而侍郎不可作矣。寅昉既求甘泉先生爲記，復索余記。八年二月記成，而未及寫寄。今年三月避地硤石，甘泉先生來共談，出此圖及記稿，乃就書於寅昉之家。既而復與寅昉避地山陰之壽勝，甘泉先生亦避居海鹽之沈蕩。昨書來，語痛不可聞，天之杌我，如不我克，艱難善慘，至今年春夏而已極。何日得奉甘泉先生幾杖，同登寅昉祠樓，相與把卷謳吟而道古也。咸奉十年六月仁和邵懿辰題於緑深漊寓。

潡山檢書圖題詞(四首)

錢塘戴熙醇士

層岩俯寒潭,石壁面如削。高人擇幽勝,庭廬空翠鑿。杳靄松篁中,書聲出帷襆。聞君羅古籍,琅函閟林壑。終歲事校勘,偉哉不朽作。吾將避塵囂,載酒訪所託。

道州何紹基子貞

鹿床曾作檢書圖,萬卷精神人染濡。太息人書歸浩杳,可應題蹬未荒蕪。鴻餘泥爪傳梅市,雁引鄉心落潡湖。文獻東南魂夢繞,何年蔣徑閱珍廚。(蔣氏之先有書九大櫥,多殿本)

餘姚朱蘭久香

丙舍藏書托跡殊,松楸無恙地靈扶。欲尋石室遮雲岫,偶去山陰戀潡湖。徑待蔣開重把酒,船無戴訪但留圖。還期落筆傳真面,點綴萬蒼興不孤戴醇士侍郎先有《潡山检書圖》,未得真景。曙初親家更繪之。

仁和吴觀禮子儁

劍佩縱横起壯圖，東南士氣少涵濡。幸留翠墨千編富，未共田園一例蕪。教子通經照爨序，移家負笈向明湖。鄉邦近日資文獻，豈獨才名重八廚。

外舅蔣寅昉府君行狀

海昌查燕緒翼甫

府君諱光焴，字寅昉，一字敬齋，浙江海寧州人。宋時有諱興者，隨高宗南渡至臨安。官儒學，遷鹽官，府君之十九世祖也。曾祖諱雲鳳，字簡齋，太學生，妣王氏，生妣葉氏。祖諱開基，字淳村，候選兵馬司吏目，妣管氏、錢氏，生妣金氏。考諱星緯，字潞英，大學生，妣李氏、徐氏。本生考諱星華、字霽峰，候選布政司理問，妣曹氏。祖、考皆以府君官贈奉直大夫，妣皆封贈宜人。

府君生彌月，以祖淳村遺命即育於徐宜人，距潞英公之歿十稔矣。四歲而霽峰公又卒，無他子，乃欲以府君還後所生，而於所嗣爲兼祧小宗，從服期年之律，議久持不定。及兩母旌旨下，府君既定爲所生後，而痛撫育之恩之無以爲報也。於是事徐宜人益謹，而益刻勵於學，冀得成名以彰母氏之苦節。嘗兩應鄉試不售，遂棄舉子業，訪購群書，專事記讀，不斤斤於宋元舊槧，而多蓄有用之籍，博采兼收，以期其備。於是金石、靈素、天算、地輿諸書，罔有弗儲，罔有弗披覽。

咸豐庚申、辛酉間，府君奉母輾轉移徙，然必以所藏書自隨。始渡江至紹興壽勝埠，稍稍休息。遂由寧波航海以達於滬，復溯江而西，至漢口，隆冬大寒，苟謀卒歲。明年壬戌，爲同治紀元，府君以元日移家至武昌。適陽湖張仲遠觀察曜孫有事將東歸，以寓屋讓，遂賃居焉，而偕之行。二月，謁曾文正公於安慶。公知府君之攜書多也，從之索揚州詩局刊本《五韻》及郝注《爾雅》，府君既皆應之，公纂楹聯以貽曰："虹穿深室藏書在龍護孤舟渡海來。"以見其好書之篤，守護之力，有非尋常儲藏之家所能逮也。燕緒從府君武昌二載，亦嘗受書若干種，雖皆常行之本，顧由此朝夕繙覽，以得讀書之徑，則一生之受教府君者爲不尠也。癸亥四月，武昌張廉卿先生裕釗主講郡中，府君既與莫逆交，遂使燕緒與其中子佐堯往從學焉。

府君之始客鄂也，嚴渭春中丞樹森方開撫鄂中，而朝邑閻文清公敬銘爲按察司，聞府君名，皆爭先就訪。而父清公常以其暇日來觀書畫，府君所攜有北宋董北苑源《夏山圖》真本，而國初常熟王石谷翬，武進惲南田格，各有鉤臨之幅。文清公囑秀水陶鋒庵布衣紹源重摹藏之而嚴公與督糧道儀征厲公雲官，鹽法道武進盛公康，亦各謀臨本以歸。及甲子春，府君陡患痰疾，猝不得良醫。會王師新克杭州，其家遂以東返。其夏五月抵硤石，老屋洞穿，不可以居。遂舍諸濮家橋朱氏。朱，故府君之舊好也，詎意喪亂以後，其鄉乃淪爲盜藪，一夕，盜突門入，取財物殆盡，而《夏山圖》三幅及宋蔡忠惠公手書《茶録》卷子皆被劫去，多方購求不可復，府君至深歎惜，謂屢經兵燹，屢涉江海保護而無恙者，一旦失之乃在離家至近之鄉，豈非物之存亡實亦有數焉寓乎其間耶？

秋七月，返於硤石。府君屏居養屙，延海鹽張銘齋先生鼎課其諸子。而眷念故交，如同邑許珊林太守槤，辛木主政楣，仁和邵位西比部懿辰皆已前卒，嘉興錢警石、秀水高伯平兩先生亦相繼殂謝。獨江寧汪梅村先生士鐸從府君假《肇域志》歸休於家，閉門著述。府君以庚午之春就其家見之，時曾文正公方督兩江，開書局於冶城山麓。乃以四庫遺書之宜采者，委府君至杭收集焉。

生平以孝義自持。嗣母病篤，潛刲肱療之。其遇邑中水旱偏災，必倡爲賑救。丙辰夏太旱，府君擬重浚平湖横橋堰泄水以濟，雖中阻撓，卒僅開近處一二小堰以引北來之水。而冒暑履勘，勞身糜費，曾不自計。其他義舉稱是。始以獎敘爲大理寺評事，後乃加主事銜。而盡以其雜輸之款，移獎於戚友，蓋府君之淡於榮利而不求仕進者，其性然也。洎歲壬戌，餘姚朱久香先生蘭督學安徽，假道湖北，遇府君於武昌，將以孝廉方正薦諸朝。府君力卻之，至再至三而止。其時，燕緒方侍於側，親聞其言論，至今思之，猶如見府君之高風亮節，不可以一世求也。及歸里中，以圖史自遣，或就歐、顔帖隨意臨摹，亦偶法《嶧山碑》作篆書，取自適志，未嘗求以是名也。丁丑以後，遂寓蘇州，家事一不何問。而獨命以桐鄉田千畝，仿宋范文正公遺法立爲義莊，並自作文爲之記。配唐宜人洞明大義，力贊成之，規模粗定而遽卒，非其諸子之賢，幾何不廢然而中沮也。

所著有《敬齋雜著》四卷，《詩小説》一卷。所刻《詩集傳音釋》、《孟子要略》、《段氏説文解字注》、《葬書五種》、《洄溪醫案》、《徐批外科正宗》、《嘉興錢儀吉記事續稿》、《元和陳克家蓬萊閣詩録》等書，校讎精審，與别下齋諸刻相埒。而元羅中行《詩集傳音釋》，則以明正統本及胡氏一桂《詩傳纂疏》、朱氏公遷《詩傳疏義》、許氏謙《詩名物鈔》爲主，參之史氏榮《風雅遺音》，而益以他籍，校其異同，尤稱爲明以來最善之本云。

府君生道光乙酉正月十一日午時，以光緒壬辰五月望日時□午卒於蘇寓，享年六十有八。唐宜人前卒於丁亥正月二十日辰時，其家即於是年十二月合葬於海鹽澉浦雞籠山麓。男子子五人：長振墀，附貢生，江蘇試用布庫大使補用知縣加同知銜，娶秀水沈氏次擢翹，早卒次佐堯，歲貢生，選用訓導加國子監典簿銜，娶秀水楊氏，繼吴縣郭氏次學培，附貢生，湖北試用縣丞，娶吴縣徐氏，繼海鹽朱氏次望曾，州庠生，議敘員外郎，娶同邑孫氏，繼秀水高氏。女子子三人：長歸於燕緒次適海鹽庠生沈師恭次適同邑增生汪元晉。孫六人：鑄顔、欽項、鑒周、錫韓、述彭、志點。孫女三人。曾孫一人，曾孫女一人。例得備書。

光緒癸巳正月受業子婿日本横濱從事官揀選知縣同邑查燕緒百拜謹狀。

故交遺翰後序

蔣鵬騫

先曾祖少孤嗜學，一時名士自早年已多交識。庚申之亂，航海而紹而甬而滬而漢而楚，遠遊數千里，必以藏書自隨。所至交其文人學士而彼聞名造訪者亦皆有相見恨晚之意，相與討論，古今講求義理於是交益廣而學益精，間或相睽則函緘頻投，商榷學問以故簡札滿筐篋焉。

先曾祖愛護之，既而歎交好之漸凋零也。乃彙集而裝潢成册。自袁漱六、朱雪篁兩先生以次凡十二家，各系以小傳。李詠裳先生題曰《故交遺翰》，夫豈徒寶其墨蹟已哉。蓋他山攻錯之誼，久要而不忘也。而張廉卿、周荇農、鍾子勤、張銘齋諸先生文章名望冠冕一時，與先曾祖尤莫逆。書啟輒十百通而未列入者則當時正聚而面談，別而筆述，相與論交而未已也。其函皆草訂弆藏之都凡二十餘册，今哲人已萎遺墨未湮。鵬騫不肖，敬發而讀之，其間論經史，論理道，論學術，論小學、論詩文，論金石，論輿圖，論靈素，論校勘，論板本皆明白曉暢，不啻親侍几杖而面聆教誨也。竊不自揣删節，其辯論時事與夫尋常餽問之書，凡存八十四家，三百六十三首，鈔成四册，謹置座右，他日擬付諸梓人，俾後學者得共聞諸先生緒論，夫豈獨我蔣氏一家榮哉。鵬騫株守田園，閉户誦讀，日孜孜於古人陳書，莫由得朋友切磋之助，以自激發志氣，録此編竟不禁愧恨無已。敢附誌之，已未夏六月，鵬騫謹識。時年二十有一。

題　詩

一

故人將離黄鶴樓，煙花三月返杭州。杭州烽火初消釋，風月六橋遺陳跡。主人快詠《歸去來》，頓令客者動徘徊。故鄉父老奚所寄，一枝斑管一枝梅。頻年南北警風鶴，泛宅浮家無真樂。寥寥心賞知音稀，雲夢關山星斗落。偶因戎馬入仕途，於役常驅斜日晡。五斗折腰如我輩，南郭濫吹三千竽。逸志欲吟《桃源賦》，漁舟未便武陵路。終朝懶興謝郊遊，蒼蒼鬢髮日遲暮。浮沉宦海匪孤高，富貴功名莫幸邀。蕭蕭風雨客途久，十六年來一舊袍。夙欽道範違左右，航海遄臨漢之口。春風四座齒頰香，筆花舞處墨光黝。江城名士門下趨，旅懷常藉詩文娱。坦然一載任所適，知命樂天復奚雩。阳春白雪彈古調，茅店板橋一長嘯。雪泥鴻爪印楚邦，鸚鵡晴川供詩料。我以形骸非耐交，寸心恒繫謙六爻。友情尚淡久而吉，莫令南岳空獻嘲。忽聞買棹將言别，心神蘧蘧慕且切。踏歌一曲送君行，浩月江幹循故轍。

寅昉仁丈鄉大人，我浙大儒也。辛酉冬避亂江漢間，而異鄉小住，猶推重公卿，且往來盡名下士，具見才學素著。惜楨以宦轍馳驅，祇兩獲瞻韓，心常悵悵。玆於癸亥三月，將作南旋計，用特謹占斯言。乍又聞爲渭春嚴中丞屈留，則常侍之願，良可嘗矣。尚求大斧政之。幼香小弟勞庭楨未定草。

二

丁卯初春，探親赴浙，便訪寅昉仁兄大人於鹽官。殷勤話舊，相得益歡，爰作別賦四章，奉求壇政，並呈郢和。

十五年從駒隙催，山中久矣處蒿萊。就瞻雲日心常繫，旋轉乾坤愧不才。賴有元戎戡亂定，自應小草向榮來。同儕相與彈冠慶，爲報黄金早筑臺。

訪來雅徑早開時，自念慚非三益賢。識面昔年殊恨晚，出山今日已嫌遲。幾曾一朝孫陽遇，難多得金鮑叔知。有眼如君獨青我，東風吹放好花枝。

汪洋千頃度何如，閉户船客讀異書。階樹庭芝新國器，曹倉杜庫舊家儲。夙欽大雅風裁峻，近挹名流慕想舒。獨愧塵容消未得，欣逢披拂塵揮餘。

東西浙水萃人文，制錦烹鮮來亦欣。起舞惟思先祖逖，棄繻還欲效終軍。途中阮籍囊蕭甚，箸下張良籌借殷。翹盼陽春温黍谷，光輝燦爛仰卿雲。

鄂城佩珊弟龍霖未定草。

三

一帆身寄浙江潮,千里雲山鎖寂寥。有筆塗鴉慚技拙,無心畫虎使人嘲。章臺不托韓熙鉢,越市來吹伍蕭相。侯景風煙歸來得,可憐金粉六朝焦。

寅昉先生大人教正。曹清源拜草。